以欢喜之心，
行无用之事

汪曾祺　叶圣陶 等著

图书在版编目（CIP）数据

以欢喜之心，行无用之事/汪曾祺等著. -- 北京：光明日报出版社，2024.1
ISBN 978-7-5194-7734-9

Ⅰ.①以… Ⅱ.①汪… Ⅲ.①散文集—中国—现代②散文集—中国—当代 Ⅳ.①I266

中国国家版本馆CIP数据核字(2024)第004047号

以欢喜之心，行无用之事
yi huanxi zhi xin, xing wuyong zhi shi

著　　者：	汪曾祺　叶圣陶　等		
责任编辑：	郭玫君	策　　划：	崔付建　秦国娟　朱莹
封面设计：	鸿儒文轩·末末美书	责任校对：	房　蓉
责任印制：	曹　净		

出版发行：光明日报出版社
地　　址：北京市西城区永安路106号，100050
电　　话：010-63169890（咨询），010-63131930（邮购）
传　　真：010-63131930
网　　址：http://book.gmw.cn
E - mail：gmrbcbs@gmw.cn
法律顾问：北京市兰台律师事务所龚柳方律师
印　　刷：三河市华东印刷有限公司
装　　订：三河市华东印刷有限公司
本书如有破损、缺页、装订错误，请与本社联系调换，电话：010-67019571
开　　本：145mm×210mm　　印　张：7.25
字　　数：125千字
版　　次：2024年1月第1版
印　　次：2024年1月第1次印刷
书　　号：ISBN 978-7-5194-7734-9
定　　价：46.00元

版权所有　翻印必究

目录

一 抚猫逗鸟，慢煮生活

金　鱼——草木虫鱼之一	周作人	002
虱　子——草木虫鱼之二	周作人	007
蚯　蚓	周作人	014
鸟　声	周作人	022
北京人的遛鸟	汪曾祺	025
香港的鸟	汪曾祺	029
猫	老　舍	032
小动物们	老　舍	036
蝉与纺织娘	郑振铎	044
夏虫之什	缪崇群	050

二 等一朵花开，享一份清欢

两株树——草木虫鱼之三	周作人	066
白门之杨柳	张恨水	073
牵牛花	叶圣陶	077
养　花	老　舍	080
葡萄月令	汪曾祺	083
紫　薇	汪曾祺	091
看　花	朱自清	096
花　潮	李广田	102
可贵的山茶花	邓　拓	108
茶花赋	杨　朔	116

三 听一场雪落，等一阵风来

春	朱自清	122
春雨	梁遇春	125
春风	老 舍	130
济南的秋天	老 舍	133
江南的冬景	郁达夫	137
北平的四季	郁达夫	142
一片阳光	林徽因	151

四 在寻常事里，收集小欢喜

放风筝	梁实秋	160
花　园	汪曾祺	166
骨董小记	周作人	179
买墨小记	周作人	185
观画记	老　舍	190
市声拾趣	张恨水	196
一年无事为花忙	周瘦鹃	199
钓　鱼	鲁　彦	203
观　火	梁遇春	218

一

抚猫逗鸟,慢煮生活

金　鱼——草木虫鱼之一

周作人

我觉得天下文章共有两种,一种是有题目的,一种是没有题目的。普通做文章大都先有意思,却没有一定的题目,等到意思写出了之后,再把全篇总结一下,将题目补上。这种文章里边似乎容易出些佳作,因为能够比较自由地发表,虽然后写题目是一件难事,有时竟比写本文还要难些。但也有时候,思想散乱不能集中,不知道写什么好,那么先定下一个题目,再做文章,也未始没有好处,不过这有点近于赋得,很有做出试帖诗来的危险罢了。偶然读英国密伦(A. A. Milne)的小品文集，有一处曾这样说，有时排字房来催稿，实在想不出什么东西来写，只好听天由命，翻开字典，随手抓到的就是题目。有一回抓到金鱼，结果果然有一篇《金鱼》收在集里。我想这倒是很有意思的事，也就来一下子，写一篇《金鱼》试试看，反正我也没有什么非说不可的大道理要尽先发表，那么来做赋得的咏物诗也是无妨，虽然并没有排字房催稿的事情。

说到金鱼，我其实是很不喜欢金鱼的，在豢养的小动物里边，我所不喜欢的，依着不喜欢的程度，其名次是叭儿狗，金鱼，鹦鹉。鹦鹉身上穿着大红大绿，满口怪声，很有野蛮气，叭儿狗的身体固然太小，还比不上一只猫（小学教科书上却还在说，猫比狗小，狗比猫大！），而鼻子尤其耸得难过。我平常不大喜欢耸鼻子的人，虽然那是人为的，暂时的，把鼻子耸动，并没有永久地将它缩作一堆。人的脸上固然不可没有表情，但我想只要淡淡地表示就好，譬如微微一笑，或者在眼光中露出一种感情，——自然，恋爱与死等可以算是例外，无妨有较强烈的表示，但也似乎不必那样掀起鼻子，露出牙齿，仿佛是要咬人的样子。这种嘴脸只好放到影戏里去，反正与我没有关系，因为二十年来我不曾看电影。然而金鱼恰好兼有叭儿狗与鹦鹉二者的特点，它只是不用长绳子牵了在贵夫人的裙边跑，所以减等发落，不然这第一名恐怕准定是它了。

我每见金鱼一团肥红的身体，突出两只眼睛，转动不灵地在水中游泳，总会联想到中国的新嫁娘，身穿红布袄裤，扎着裤腿，拐着一对小脚伶俜地走路。我知道自己有一种毛病，最怕看真的，或是类似的小脚。十年前曾写过一篇小文曰《天足》，起头第一句云："我最喜欢看见女人的天足。"曾蒙友人某君所赏识，因为他也是反对"务必脚小"的人。我倒并不是怕做野蛮，现在的世界正如美国洛威教授的一本书名，谁都有"我们是文明么"的疑问，何况我们这道统国，剐呀割呀都是常事，无论个人怎么努力，这个野蛮的头衔休想去掉，实在凡是稍有自知之明，不是夸大狂的人，恐怕也就不大有想去掉的这种野心与妄想。小脚女人所引起的另一种感想乃是残废，这是极不愉快的事，正如驼背或脖子上挂着一个大瘤，假如这是天然的，我们不能说是嫌恶，但总之至少不喜欢看总是确实的了。有谁会赏鉴驼背或大瘤呢？金鱼突出眼睛，便是这一类的现象。另外有叫做绯鲤的，大约是它的表兄弟罢，一样的穿着大红棉袄，只是不开衩，眼睛也是平平地装在脑袋瓜儿里边，并不比平常的鱼更为鼓出，因此可见金鱼的眼睛是一种残疾，无论碰在水草上时容易戳瞎乌珠，就是平常也一定近视的了不得，要吃馒头末屑也不大方便罢。照中国人喜欢小脚的常例推去，金鱼之爱可以说宜乎众矣，但在不佞实在是两者都不敢爱，我所爱的还只是平常的鱼而已。

想象有一个大池，——池非大不可，须有活水，池底有种种水草才行，如从前碧云寺的那个石池，虽然老实说起来，人造的死海似的水洼都没有多大意思，就是三海也是俗气寒伧气，无论这是哪一个大皇帝所造，因为皇帝压根儿就非俗恶粗暴不可，假如他有点儿懂得风趣，那就得亡国完事，至于那些俗恶的朋友也会亡国，那是另一回事。如今话又说回来，一个大池，里边如养着鱼，那最好是天空或水的颜色的，如鲫鱼，其次是鲤鱼。我这样的分等级，好像是以肉的味道为标准，其实不然。我想水里游泳着的鱼应当是暗黑色的才好，身体又不可太大，人家从水上看下去，窥探好久，才看见隐隐的一条在那里，有时或者简直就在你的鼻子前面，等一忽儿却又不见了，这比一件红冬冬的东西渐渐地近摆来，好像望那西湖里的广告船（据说是点着红灯笼，打着鼓）随后又渐渐地远开去，更为有趣得多。鲫鱼便具备这种资格，鲤鱼未免个儿太大一点，但他是要跳龙门去的，这又难怪他。此外有些白鲦，细长银白的身体，游来游去，仿佛是东南海边的泥鳅龙船，有时候不知为什么事出了惊，拨剌地翻身即逝，银光照眼，也能增加水界的活气。在这样地方，无论是金鱼，就是平眼的绯鲤，也是不适宜的。红袄裤的新嫁娘，如其脚是小的，那只好就请她在炕上爬或坐着，即使不然，也还是坐在房中，在油漆气芸香或花露水气中，比较地可以得到一种调和。所以金鱼的去处还是富贵人家的绣房，浸在五彩的磁缸中，或是玻璃的圆球里，去和叭儿狗与鹦鹉做伴侣罢了。

几个月没有写文章，天下的形势似乎已经大变了，有志要做新文学的人，非多讲某一套话不容易出色。我本来不是文人，这些时势的变迁，好歹与我无干，但以旁观者的地位看去，我倒是觉得可以赞成的。为什么呢？文学上永久有两种潮流，言志与载道。二者之中，则载道易而言志难。我写这篇赋得金鱼，原是有题目的文章，与帖括有点相近，盖已少言志而多载道欤。我虽未敢自附于新文学之末，但自己觉得颇有时新的意味，故附记于此，以志作风之转变云耳。

十九年三月十日。

虱　子——草木虫鱼之二

周作人

偶读罗素所著《结婚与道德》，第五章讲中古时代思想的地方，有这一节话：

"那时教会攻击洗浴的习惯，以为凡使肉体清洁可爱好者皆有发生罪恶之倾向。肮脏不洁是被赞美，于是圣贤的气味变成更为强烈了。圣保拉说，身体与衣服的洁净，就是灵魂的不净。虱子被称为神的明珠，爬满这些东西是一个圣人的必不可少的记号。"我记起我们东方文明的选手辜鸿铭先生来了，他曾经礼赞过不洁，说过相仿的话，虽然我不能知道他有没有把虱子包括在内，或者特别提出来过。但是，即是辛先生不曾有什么颂词，虱子在中国文化历史上的位置也并不低，不过这似乎只是名流的装饰，关于古圣先贤还没有文献上的证明罢了。晋朝的王猛的名誉，一半固然在于他的经济的事业，他的捉虱子这一件事恐怕至少也要居其一半。到了二十世纪之初，梁任公先生在横滨办《新民丛报》，那时有一位重要的撰述员，名叫扪虱谈虎客，可见这个还很时髦，无论他身上是否真有那晋朝的小动物。

洛威（R.H.Lowie）博士是旧金山大学的人类学教授，近著一本很有意思的通俗书《我们是文明么》，其中有好些可以供我们参考的地方。第十章讲衣服与时装，他说起十八世纪时妇人梳了很高的髻，有些矮的女子，她的下巴颏儿正在头顶到脚尖的中间。在下文又说道：

"宫里的女官坐车时只可跪在台板上，把头伸在窗外，她们跳着舞，总怕头碰了挂灯。重重扑粉厚厚衬垫的三角塔终于满生了虱子，很是不舒服，但西欧的时风并不就废止这种时装。结果发明了一种象牙钩钗，拿来搔痒，算是很漂亮的。"第二十一章讲卫生与医药，又说到"十八世纪的太太们头上成群的养虱子"。又举例说明道：

"一三九三年，一法国著者教给他美丽的读者六个方法，治她们的丈夫的跳蚤。一五三九年出版的一本书列有奇效方，可以除灭跳蚤、虱子、虱卵，以及臭虫。"照这样看来，不但证明"西洋也有臭虫"，更可见贵夫人的青丝上也满生过虱子。在中国，这自然更要普遍了，褚人获编《坚瓠集》丙集卷三有一篇《须虱颂》，其文曰：

"王介甫王禹玉同伺朝，见虱自介甫襦领直缘其须，上顾而笑，介甫不知也。朝退，介甫问上笑之故，禹玉指以告，介甫命从者去之。禹玉曰，未可轻去，愿颂一言。介甫曰，何如？禹玉曰，屡游相须，曾经御览，未可杀也，或曰放焉。众大笑。"我们的荆公是不修边幅的，有一个半个小虫在胡须上爬，原算不得是什么奇事，但这却令我想起别一件轶事来，据说徽宗在五国城，写信给旧臣道，"朕身上生虫，形如琵琶"。照常人的推想，皇帝不认识虱子，似乎在情理之中，而且这样传说，幽默与悲感混在一起，也颇有意思，但是参照上文，似乎有点不大妥帖了。宋神宗见了虱子是认得的，到了徽宗反而退步，如果属实，可谓不克绳其祖武了。《坚瓠集》中又有一条"恒言"，内分两节如下：

张磊塘善清言，一日赴徐文贞公席，食鲲鱼鳇鱼。

庖人误不置醋。张云，仓皇失措。文贞腰扪一虱，以齿毙之，血溅齿上。张云，大率类此。文贞亦解颐。

清客以齿毙虱有声，妓哂之。顷妓亦得虱，以添香置炉中而爆。客顾曰，熟了。妓曰，愈于生吃。

这一条笔记是很重要的虱之文献，因为他在说明贵人清客妓女都有扪虱的韵致外，还告诉我们毙虱的方法。《我们是文明么》第二十一章中说：

"正如老鼠离开将沉的船，虱子也会离开将死的人，依照冰地的学说。所以一个没有虱子的爱斯基摩人是很不安的。这是多么愉快而且适意的事，两个好友互捉头上的虱以为消遣，而且随复庄重地将它们送到所有者的嘴里去。在野蛮世界，这种交互的服务实在是很有趣的游戏。黑龙江边的民族不知道有别的更好的方法，可以表示夫妇的爱情与朋友的交谊。在亚尔泰山及南西伯利亚的突厥人也同样的爱好这个玩意儿。他们的皮衣里满生着虱子，那妙手的土人便永远在那里搜查这些生物，捉到了的时候，咂一咂嘴儿把它们都吃下去。拉得洛夫博士亲自计算过，他的向导在一分钟内捉到八九十匹。在原始民间故事里多讲到这个普遍而且有益的习俗，原是无怪的。"由此可见普通一般虮虱法都是同徐文贞公一样，就是所谓"生吃"的，只可惜"有礼节的欧洲人是否吞咽他们的寄生物查不出证据"，但是我想这总也可以假定是如此罢，因为世上恐怕不会有比这个更好的方法，不过史有阙文，洛威博士不敢轻易断定罢了。

但世间万事都有例外，这里自然也不能免。佛教反对杀生，杀人是四重罪之一，犯者波罗夷不共住，就是杀畜生也犯波逸提罪，他们还注意到水中土中几乎看不出的小虫，那么对于虱子自然也不肯忽略过去。《四分律》卷五十"房舍犍度法"中云：

"于多人住处拾虱弃地，佛言不应尔。彼上座老病比丘数数起弃虱，疲极，佛言听以器，若毳，若劫贝，若敝物，若绵，拾着中。若虱走出，应作筒盛。彼用宝作筒，佛言不应用宝作筒，听用角牙，若骨，若铁，若铜，若铅锡，若竽蔗草，若竹，若苇，若木，作筒，虱若出，应作盖塞。彼宝作塞，佛言不应用宝作塞，应用牙骨乃至木作，无安处，应以缕系着床脚里。"小林一茶（一七六三——一八二七）是日本近代的诗人，又是佛教徒，对于动物同圣芳济一样，几乎有兄弟之爱，他的咏虱的诗句据我所见就有好几句，其中有这样一首，曾译录在《雨天的书》中，其词曰：

"捉到一个虱子，将它掐死固然可怜，要把它舍在门外，让它绝食，也觉得不忍，忽然想到我佛从前给予鬼子母的东西，成此。

虱子啊，放在和我味道一样的石榴上爬着。"

（注，日本传说，佛降伏鬼子母，给予石榴实食之，以代人肉，因石榴实味酸甜似人肉云。据《鬼子母经》说，她后来变为生育之神，这石榴大约只是多子的象征罢了。）

这样的待遇在一茶可谓仁至义尽，但虱子恐怕有点觉得不合适，因为像和尚那么吃净素他是不见得很喜欢的。但是，在许多虱的本事之中，这些算是最有风趣了。佛教虽然也重圣贫，一面也还讲究——这称作清洁未必妥当，或者总叫作"威仪"罢，因此有些法则很是细密有趣，关于虱的处分即其一例，至于一茶则更是浪漫化了一点罢了。中国扪虱的名士无论如何不能到这个境界，也决作不出像一茶那样的许多诗句来，例如——

"喂，虱子呵，爬罢爬罢，向着春天的去向。"

实在译不好，就此打住罢。——今天是清明节，野哭之声犹在于耳，回家写这小文，聊以消遣，觉得这倒是颇有意义的事。

民国十九年四月五日，于北平。

附记

友人指示，周密《齐东野语》中有材料可取，于卷十七查得《嚼虱》一则，今补录于下：

"余负日茅檐，分渔樵半席，时见山翁野媪扪身得虱，则致之口中，若将甘心焉，意甚恶之。然揆之于古，亦有说焉。应侯谓秦王曰，得宛临，流阳夏，断河内，临东阳，邯郸犹口中虱。王莽校尉韩威曰，以新室之威而吞胡虏，无异口中蚤虱。陈思王著论亦曰，得虱者莫不糜之齿牙，为害身也。三人皆当时贵人，其言乃尔，则野老嚼虱亦自有典故，可发一笑。"

我尝推究嚼虱的原因，觉得并不由于"若将甘心"的意思，其实只因虱子肥白可口，臭虫固然气味不佳，蚤又太小一点了，而且放在嘴里跳来跳去，似乎不大容易咬着。今见韩校尉的话，仿佛基督同时的中国人曾两者兼嚼，到得后来才人心不古，取大而舍小，不过我想这个证据未必怎么可靠，恐怕这单是文字上的支配，那么跳蚤原来也是一时的陪绑罢了。

四月十三日又记。

蚯 蚓

周作人

忽然想到，草木虫鱼的题目很有意思，抛弃了有点可惜，想来续写，这时候第一想起的就是蚯蚓，或者如俗语所云是曲蟮。小时候每到秋天，在空旷的院落中，常听见一种单调的鸣声，仿佛似促织，而更为低微平缓，含有寂寞悲哀之意，民间称之曰曲蟮叹窠，倒也似乎定得颇为确当。案崔豹《古今注》云：

"蚯蚓一名蟺，一名曲蟺，善长吟于地中，江东谓为歌女，或谓鸣砌。"由此可见蚯蚓歌吟之说古时已有，虽然事实上并不如此，乡间有俗谚其原语不尽记忆，大意云，蟋蟀叫了一世，却被曲蟮得了名声，正谓此也。

蚯蚓只是下等的虫豸，但很有光荣，见于经书。在书房里念《四书》，念到《孟子·滕文公下》，论陈仲子处有云：

"充仲子之操，则蚓而后可者也，夫蚓上食槁壤，下饮黄泉。"这样他至少可以有被出题目做八股的机会，那时代圣贤立言的人们便要用了很好的声调与字面，大加以赞叹，这与蟪同是难得的名誉。后来《大戴礼·劝学篇》中云：

"蚓无爪牙之利，筋脉之强，上食埃土，下饮黄泉，用心一也。"又杨泉《物理论》云：

"检身止欲，莫过于蚓，此志士所不及也。"此二者均即根据孟子所说，而后者又把邵武士人在《孟子正义》中所云但上食其槁壤之土，下饮其黄泉之水的事，看作理想的极廉的生活，可谓极端的佩服矣。但是现在由我们看来，蚯蚓固然仍是而且或者更是可以佩服的东西，他却并非陈仲子一流，实在乃是禹稷的一队伙里的，因为他是人类——农业社会的人类的恩人，不单是独善其身的廉士志士已也。这种事实在中国书上不曾写着，虽然上食槁壤，这一句话也已说到，但是一直没有看出其重要的意义，所以只好往外国的书里去找。英国的怀德在

《色耳彭的自然史》中，于一七七七年写给巴林顿第三十五信中曾说及蚯蚓的重大的工作，它掘地钻孔，把泥土弄松，使得雨水能沁入，树根能伸长，又将稻草树叶拖入土中，其最重要者则是从地下抛上无数的土块来，此即所谓曲蟮粪，是植物的好肥料。他总结说：

"土地假如没有蚯蚓，则即将成为冷，硬，缺少发酵，因此也将不毛了。"达尔文从学生时代就研究蚯蚓，他收集在一年中一方码的地面内抛上来的蚯蚓粪，计算在各田地的一定面积内的蚯蚓穴数，又估计他们拖下多少树叶到洞里去。这样辛勤的研究了大半生，于一八八一年乃发表他的大著《由蚯蚓而起的植物性壤土之造成》，证明了地球上大部分的肥土都是由这小虫的努力而做成的。他说：

"我们看见一大片满生草皮的平地，那时应当记住，这地面平滑所以觉得很美，此乃大半由于蚯蚓把原有的不平处所慢慢的弄平了。想起来也觉得奇怪，这平地的表面的全部都从蚯蚓的身子里通过，而且每隔不多几年，也将再被通过。耕犁是人类发明中最为古老也最有价值之一，但是在人类尚未存在的很早以前，这地乃实在已被蚯蚓都定期的耕过了。世上尚有何种动物，像这低级的小虫似的在地球的历史上，担任着如此重要的职务者,这恐怕是个疑问吧。"

蚯蚓的工作大概有三部分,即是打洞,碎土,掩埋。关于打洞,我们根据汤木孙的一篇《自然之耕地》,抄译一部分于下:

"蚯蚓打洞到地底下深浅不一,大抵二英尺之谱。洞中多很光滑,铺着草叶。末了大都是一间稍大的房子,用叶子铺得更为舒服一点。在白天里洞门口常有一堆细石子,一块土或树叶,用以阻止蜈蚣等的侵入者,防御鸟类的啄毁,保存穴内的润湿,又可抵挡大雨点。

"在松的泥土打洞的时候,蚯蚓用他身子尖的部分去钻。但泥土如是坚实,他就改用吞泥法打洞了。他的肠胃充满了泥土,回到地面上把它遗弃,成为蚯蚓粪,如在草原与打球场上所常见似的。

"蚯蚓吞咽泥土,不单是为打洞,他们也吞土为的是土里所有的腐烂的植物成分,这可以供他们做食物。在洞穴已经做好之后,抛出在地上的蚯蚓粪那便是为了植物食料而吞的土了,假如粪出得很多,就可推知这里树叶比较的少用为食物,如粪的数目很少,大抵可以说蚯蚓得到了好许多叶子。在洞穴里可以找到好些吃过一半的叶子,有一回我们得到九十一片之多。

"在平时白天里蚯蚓总是在洞里休息，把门关上了。在夜间他才活动起来了，在地上寻找树叶和滋养物，又或寻找配偶。打算出门去的时候，蚯蚓便头朝上的出来，在抛出蚯蚓粪的时候，自然是尾巴在上边，他能够在路上较宽的地方或是洞底里打一个转身的。"

碎土的事情很是简单，吞下的土连细石子都在胃里磨碎，成为细腻的粉，这是在蚯蚓粪可以看得出来的。掩埋可以分作两点。其一是把草叶树叶拖到土里去，吃了一部分以外多腐烂了，成为植物性壤土，使得土地肥厚起来，大有益于五谷和草木。其二是从底下抛出粪土来把地面逐渐掩埋了。地平并未改变，可是底下的东西搬到了上边来。这是很好的耕田。据说在非洲西海岸的一处地方，每一方里面积每一年里有六万二千二百三十三吨的土搬到地面上来，又在二十七年中，二英尺深地面的泥土将颗粒不遗的全翻转至地上云。达尔文计算在英国平常耕地每一亩中平均有蚯蚓五万三千条，但如古旧休闲的地段其数目当增至五十万。此一亩五万三千的蚯蚓在一年中将把十吨的泥土悉自肠胃通过，再搬至地面上。在十五年中此土将遮盖地面厚至三寸，如六十年即积一英尺矣。这样说起来，蚯蚓之为物虽微小，其工作实不可不谓伟大。古人云，民以食为天，蚯蚓之功在稼穑，谓其可以与大禹或后稷相比，不亦宜欤。

末后还想说几句话，不算什么辟谣，亦只是聊替蚯蚓表明真相而已。《太平御览》九四七引郭景纯《蚯蚓赞》云：

"蚯蚓土精，无心之虫，交不以分，淫于阜螽，触而感物，乃无常雄。"又引刘敬叔《异苑》，云宋元嘉初有王双者，遇一女与为偶，后乃见是一青色白领蚯蚓，于时咸谓双暂同阜螽矣。案由此可知晋宋时民间相信蚯蚓无雄，与阜螽交配，这种传说后来似乎不大流行了，可是他总有一种特性，也容易被人误解，这便是雌雄同体这件事。怀德的《观察录》中昆虫部分有一节关于蚯蚓的，可以抄引过来当资料，其文云：

"蚯蚓夜间出来躺在草地上，虽然把身子伸得很远，却并不离开洞穴，仍将尾巴末端留在洞内，所以略有警报就能急速的退回地下去。这样伸着身子的时候，凡是够得着的什么食物也就满足了，如草叶、稻草、树叶，这些碎片他们常拖到洞穴里去。就是在交配时，他的下半身也决不离开洞穴，所以除了住得相近互相够得着的以外，没有两个可以得有这种交际，不过因为他们都是雌雄同体的，所以不难遇见一个配偶，若是雌雄异体则此事便很是困难了。"案雌雄同体与自为雌雄本非一事，而古人多混而同之。《山海经》一《南山经》中云：

"有兽焉，其状如狸而有髦，其名曰类，自为牝牡，食者不妒。"郝兰皋《疏笺》引《异物志》云：灵猫一体，自为阴阳。又三《北山经》云，带山有鸟名曰䴅鹑，是自为牝牡，亦是一例。而王崇庆在《释义》中乃评云：

"鸟兽自为牝牡，皆自然之性，岂特䴅鹑也哉。"此处唯理派的解释固然很有意思，却是误解了经文，盖所谓自者非谓同类而是同体也。郭景纯《类赞》云：

"类之为兽，一体兼二，近取诸身，用不假器，窈窕是佩，不知妒忌。"说的很是明白。但是郭君虽博识，这里未免小有谬误，因为自为牝牡在事实上是不可能的，只有笑话中说说罢了，粗鄙的话现在也无须传述。《山海经》里的鸟兽我们不知道，单只就蚯蚓来说，它的性生活已由动物学者调查清楚，知道它还是二虫相交，异体受精的，瑞德女医师所著《性是什么》，书中第二章论动物间性，举水螅、蚯蚓、蛙、鸡、狗五者为例，我们可以借用讲蚯蚓的一小部分来做说明。据说蚯蚓全身约共有百五十节，在十三节有卵巢一对，在十及十一节有睾丸各两对，均在十四节分别开口，最奇特的是在九至十一节的下面左右各有二口，下为小囊，又其三二至三七节背上颜色特殊，在产卵时分泌液质作为茧壳。凡二虫相遇，首尾相反，各以其九至十三节一部分下面相就，输出精子入于对方的四小囊中，乃各分散，及卵子成熟时，背上特殊部分即分泌物质成筒形，蚯蚓乃缩身后退，筒身擦过十三四节，卵子与囊中精子均黏着其上，遂以并合成胎，蚓首缩入筒之前端，此端即封闭，及首退出后端，亦随以封固而成茧矣。以上所述因力求简要，说的很有欠明白的地方，但大抵可以明了蚯蚓生殖的情形，可知雌雄同体与自为牝牡原来并不是一件事。蚯蚓的名誉和我们本是风马牛不相及，也不必替它争辩，不过为求真实起见，不得不说明一番，目的不是写什么科学小品，而结果搬了些这一类的材料过来，虽不得已，亦是很抱歉的事也。

民国甲申九月二十四日所写，续草木虫鱼之一。

鸟　声

周作人

　　古人有言："以鸟鸣春。"现在已过了春分,正是鸟声的时节了,但我觉得不大能够听到,虽然京城的西北隅已经近于乡村。这所谓鸟当然是指那飞鸣自在的东西,不必说鸡鸣咿咿鸭鸣呷呷的家奴,便是熟番似的鸽子之类也算不得数,因为他们都是忘记了四时八节的了。我所听见的鸟鸣只有檐头麻雀的啾啁,以及槐树上每天早来的啄木的干笑——这似乎都不能报春,麻雀的太琐碎了,而啄木又不免多一点干枯的气味。

　　英国诗人那许（Nash）有一首诗,被录在所谓

《名诗选》（Golden Treasury）的卷首。

他说，春天来了，百花开放，姑娘们跳着舞，天气温和，好鸟都歌唱起来。他列举四样鸟声：

Cuckco, jug-jug, pee-wee, to-witta-woo！

这九行的诗实在有趣，我却总不敢译，因为怕一则译不好，二则要译错。现在只抄出一行来，看那四样是什么鸟。第一种勃姑，书名鸤鸠，他是自呼其名的，可以无疑了。第二种是夜莺，就是那林间的"发痴的鸟"，古希腊女诗人称之曰"春之使者，美音的夜莺"，他的名贵可想而知，只是我不知道他到底是什么东西。我们乡间的黄莺也会"翻叫"，被捕后常因想念妻子而急死，与他西方的表兄弟相同，但他要吃小鸟，而且又不发痴地唱上一夜以至于呕血。第四种虽似异怪，乃是猫头鹰。第三种则不大明了，有人说是蚊母鸟，或云是田凫，但据斯密士的《鸟的生活与故事》第一章所说，系小猫头鹰。

倘若是真的，那么四种好鸟之中猫头鹰一家已占其二了。斯密士说这二者都是褐色猫头鹰，与别的怪声怪相的不同，他的书中虽有图像，我也认不得这是鸱是鸮还是流离之子，不过总是猫头鹰之类罢了。儿时曾听见他们的呼声，有的声如货郎的摇鼓，有的恍若连呼"掘洼"（dzhuehuoang），俗云不祥主有死丧。所以闻者多极懊恼，大约此风古已有之。查检观颍道人的《小演雅》，所录古今禽言中不见有猫头鹰的话。然而仔细回想，觉得那些叫声实在并不错，比任何风声箫声鸟声更为有趣，如诗人谢勒（Shelley）所说。

现在，就北京来说，这几样鸣声都没有，所有的还只是麻雀和啄木鸟。老鸹，乡间称云乌老鸦，在北京是每天可以听到的，但是一点风雅气也没有，而且是通年噪聒，不知道他是哪一季的鸟。麻雀和啄木鸟虽然唱不出好的歌来，在那琐碎和干枯之中到底还含一些春气：唉唉，听那不讨人欢喜的乌老鸦叫也已够了，且让我们欢迎这些鸣春的小鸟，倾听他们的谈笑罢。

"啾晰，啾晰！"

"嘎嘎！"

十四年四月。

北京人的遛鸟

汪曾祺

遛鸟的人是北京人里头起得最早的一拨。每天一清早，当公共汽车和电车首班车出动时，北京的许多园林以及郊外的一些地方空旷、林木繁茂的去处，就已经有很多人在遛鸟了。他们手里提着鸟笼，笼外罩着布罩，慢慢地散步，随时轻轻地把鸟笼前后摇晃着，这就是"遛鸟"。他们有的是步行来的，更多的是骑自行车来的。他们带来的鸟有的是两笼——多的可至八笼。如果带七八笼，就非骑车来不可了。车把上、后座、前后左右都是鸟笼，都安排得十分妥当。看到它们平稳地驶过通向密林的小路，是很有趣的，骑在车上的主人自然是十分潇洒自得，神清气朗。

养鸟本是清朝八旗子弟和太监们的爱好，"提笼架鸟"在过去是对游手好闲、不事生产的人的一种贬词。后来，这种爱好才传到一些辛苦忙碌的人中间，使他们能得到一些休息和安慰。我们常常可以在一个修鞋的、卖老豆腐的、钉马掌的摊前的小树上看到一笼鸟。这是他的伙伴。不过养鸟的还是以上岁数的较多，大都是从五十岁到八十岁的人，大部分是退休的职工，在职的稍少。近年在青年工人中也渐有养鸟的了。

北京人养的鸟的种类很多。大别起来，可以分为大鸟和小鸟两类。大鸟主要是画眉和百灵，小鸟主要是红子、黄鸟。

鸟为什么要"遛"？不遛不叫。鸟必须习惯于笼养，习惯于喧闹扰攘的环境。等到它习惯于与人相处时，它就会尽情鸣叫。这样的一段驯化，术语叫做"压"。一只生鸟，至少得"压"一年。

让鸟学叫，最直接的办法是听别的鸟叫，因此养鸟的人经常聚会在一起，把他们的鸟揭开罩，挂在相距不远的树上，此起彼歇地赛着叫，这叫做"会鸟儿"。养鸟人不但彼此很熟悉，而且对他们朋友的鸟的叫声也很熟悉。鸟应该向哪只鸟学叫，这得由鸟主人来决定。一只画眉或百灵，能叫出几种"玩意"，除了自己的叫声，能学山喜鹊、大喜鹊、伏天、苇乍子、麻雀打架、公鸡打架、猫叫、狗叫。

曾见一个养画眉的用一架录音机追逐一只布谷鸟，企图把它的叫声录下，好让他的画眉学。他追逐了五个早晨（北京布谷鸟是很少的），到底成功了。

鸟叫的音色是各色各样的。有的宽亮，有的窄高。有的鸟聪明，一学就会；有的笨，一辈子只能老实巴交地叫那么几声。有的鸟害羞，不肯轻易叫；有的鸟好胜，能不歇气地叫一个多小时！

养鸟主要是听叫，但也重相貌。大鸟主要要大，但也要大得匀称。画眉讲究"眉子"（眼外的白圈）清楚。百灵要大头，短喙。养鸟人对于鸟自有一套非常精细的美学标准，而这种标准是他们共同承认的。

因此，鸟的身份悬殊极大。一只生鸟（画眉或百灵）值二三元人民币，甚至还要少，而一只长相俊秀能唱十几种"曲调"的值一百五十元，相当于一个熟练工人一个月的工资。

养鸟是很辛苦的。除了遛，预备鸟食也很费事。鸟一般要吃拌了鸡蛋黄的棒子面或小米面，牛肉——把牛肉焙干，碾成细末。经常还要吃"活食"——蚱蜢、蟋蟀、玉米虫。

养鸟人所重视的，除了鸟本身，便是鸟笼。鸟笼分圆笼、方笼两种。一般的鸟笼值一二十元，有的雕镂精细，近于"鬼工"，贵得令人咋舌。——有人不养鸟，专以搜集名贵鸟笼为乐。鸟笼里大有高低贵贱之分的是鸟食罐。一副雍正青花的鸟食罐，已成稀世的珍宝。

除了笼养听叫的鸟，北京人还有一种养在"架"上的鸟。所谓架，是一截树杈。养这类鸟的乐趣是训练它"打弹"，养鸟人把一个弹丸扔在空中，鸟会飞上去接住。有的一次飞起能接连接住两个。架养的鸟一般体大嘴硬，例如锡嘴和交喙鹊。所以，北京过去有"提笼架鸟"之说。

香港的鸟

汪曾祺

早晨九点钟,在跑马地一带闲走。香港人起得晚,商店要到十一点才开门,这时街上人少,车也少,比较清静。看见一个人,大概五十来岁,手里托着一只鸟笼。这只鸟笼的底盘只有一本大三十二开的书那样大,两层,做得很精致。这种双层的鸟笼,我还是头一次见到。楼上楼下,各有一只绣眼。香港的绣眼似乎比内地的也更为小巧。他走得比较慢,近乎是在散步。——香港人走路都很快,总是匆匆忙忙,好像都在赶着去办一件什么事。在香港,看见这样一个遛鸟的闲人,我觉得很新鲜。至少他这会儿还是清闲的，——也许过一个小时他就要忙碌起来了。他这也算是遛鸟了，虽然在林立的高楼之间，在狭窄的人行道上遛鸟，不免有点滑稽。而且这时候遛鸟，也太晚了一点。——北京的遛鸟的这时候早遛完了，回家了。莫非香港的鸟也醒得晚？

在香港的街上遛鸟，大概只能用这样精致的双层小鸟笼。像徐州人那样可不行。——我忽然想起徐州人遛鸟。徐州人养百灵，笼极高大，高三四尺（笼里的"台"也比北京的高得多），无法手提，只能用一根打磨得极光滑的枣木杆子作扁担，把鸟笼担着。或两笼，或三笼、四笼。这样的遛鸟，只能在旧黄河岸，慢慢地走。如果在香港，担着这样高大的鸟笼，用这样的慢步遛鸟，是绝对不行的。

我告诉张辛欣，我看见一个香港遛鸟的人，她说："你就注意这样的事情！"我也不禁自笑。

在隔海的大屿山，晨起，听见斑鸠叫。艾芜同志正在散步，驻足而听，说："斑鸠。"意态悠远，似乎有所感触，又似乎没有。

宿大屿山，夜间听见蟋蟀叫。

临离香港，被一个记者拉住，问我对于香港的观感，匆促之间，不暇细谈，我只说："眼花缭乱，应接不暇。"并说我在香港听到了斑鸠和蟋蟀，觉得很亲切。她问我斑鸠是什么，我只好摹仿斑鸠的叫声，她连连点头。也许她听不懂我的普通话，也许她真的对斑鸠不大熟悉。

香港鸟很少，天空几乎见不到一只飞着的鸟，鸦鸣鹊噪都听不见，但是酒席上几乎都有焗禾花雀和焗乳鸽。香港有那么多餐馆，每天要消耗多少禾花雀和乳鸽呀！这些禾花雀和乳鸽是哪里来的呢？对于某些香港人来说，鸟是可吃的，不是看的，听的。

城市发达了，鸟就会减少。北京太庙的灰鹤和宣武门城楼的雨燕现在都没有了，但是我希望有关领导在从事城市建设时，能注意多留住一些鸟。

猫

老 舍

　　猫的性格实在有些古怪。说它老实吧,它的确有时候很乖。它会找个暖和地方,成天睡大觉,无忧无虑。什么事也不过问。可是,赶到它决定要出去玩玩,就会走出一天一夜,任凭谁怎么呼唤,它也不肯回来。说它贪玩吧,的确是呀,要不怎么会一天一夜不回家呢?可是,及至它听到点老鼠的响动啊,它又多么尽职,闭息凝视,一连就是几个钟头,非把老鼠等出来不拉倒!

　　它要是高兴,能比谁都温柔可亲:用身子蹭你的腿,把脖儿伸出来要求给抓痒,或是在你写稿子的时候，跳上桌来，在纸上踩印几朵小梅花。它还会丰富多腔地叫唤，长短不同，粗细各异，变化多端，力避单调。在不叫的时候，它还会咕噜咕噜地给自己解闷。这可都凭它的高兴。它若是不高兴啊，无论谁说多少好话，它一声也不出，连半个小梅花也不肯印在稿纸上！它倔强得很！

是，猫的确是倔强。看吧，大马戏团里什么狮子，老虎，大象，狗熊，甚至于笨驴，都能表演一些玩意儿，可是谁见过耍猫呢？（昨天才听说：苏联的某马戏团里确有耍猫的，我当然还没亲眼见过。）

这种小动物确是古怪。不管你多么善待它，它也不肯跟着你上街去逛逛。它什么都怕，总想藏起来。可是它又那么勇猛，不要说见着小虫和老鼠，就是遇上蛇也敢斗一斗。它的嘴往往被蜂儿或蝎子螫的肿起来。

赶到猫儿们一讲起恋爱来，那就闹得一条街的人们都不能安睡。它们的叫声是那么尖锐刺耳，使人觉得世界上若是没有猫啊，一定会更平静一些。

可是，及至女猫生下两三个棉花团似的小猫啊，你又不恨它了。它是那么尽责地看护儿女，连上房兜兜风也不肯去了。

郎猫可不那么负责，它丝毫不关心儿女。它或睡大觉，或上屋去乱叫，有机会就和邻居们打一架，身上的毛儿滚成了毡，满脸横七竖八都是伤痕，看起来实在不大体面。好在它没有照镜子的习惯，依然昂首阔步，大喊大叫，它匆忙地吃两口东西，就又去挑战开打。有时候，它两天两夜不回家，可是当你以为它可能已经远走高飞了，它却瘸着腿大败而归，直入厨房要东西吃。

过了满月的小猫们真是可爱，腿脚还不甚稳，可是已经学会淘气。妈妈的尾巴，一根鸡毛，都是它们的好玩具，耍上没结没完。一玩起来，它们不知要摔多少跟头，但是跌倒即马上起来，再跑再跌。它们的头撞在门上，桌腿上，和彼此的头上。撞疼了也不哭。

它们的胆子越来越大，逐渐开辟新的游戏场所。它们到院子里来了。院中的花草可遭了殃。它们在花盆里摔跤，抱着花枝打秋千，所过之处，枝折花落。你不肯责打它们，它们是那么生气勃勃，天真可爱呀。可是，你也爱花。这个矛盾就不易处理。

现在，还有新的问题呢：老鼠已差不多都被消灭了，猫还有什么用处呢？而且，猫既吃不着老鼠，就会想办法去偷捉鸡雏或小鸭什么的开开斋。这难道不是问题么？

在我的朋友里颇有些爱猫的。不知他们注意到这些问题没有？记得二十年前在重庆住着的时候，那里的猫很珍贵，须花钱去买。在当时，那里的老鼠是那么猖狂，小猫反倒须放在笼子里养着，以免被老鼠吃掉。据说，目前在重庆已很不容易见到老鼠。那么，那里的猫呢？是不是已经不放在笼子里，还是根本不养猫了呢？这须打听一下，以备参考。

也记得三十年前，在一艘法国轮船上，我吃过一次猫肉。事前，我并不知道那是什么肉，因为不识法文，看不懂菜单。猫肉并不难吃，虽不甚香美，可也没什么怪味道。是不是该把猫都送往法国轮船上去呢？我很难作出决定。

猫的地位的确降低了，而且发生了些小问题。可是，我并不为猫的命运多耽什么心思。想想看吧，要不是灭鼠运动得到了很大的成功，消除了巨害，猫的威风怎会减少了呢？两相比较，灭鼠比爱猫更重要的多，不是吗？我想，世界上总会有那么一天，一切都机械化了，不是连驴马也会有点问题吗？可是，谁能因担忧驴马没有事作而放弃了机械化呢？

原载一九五九年八月《新观察》第十六期

小动物们

老 舍

　　鸟兽们自由的生活着，未必比被人豢养着更快乐。据调查鸟类生活的专门家说，鸟啼绝不是为使人爱听，更不是以歌唱自娱，而是占据猎取食物的地盘的示威；鸟类的生活是非常的艰苦。兽类的互相残食是更显然的。这样，看见笼中的鸟，或柙中的虎，而替它们伤心，实在可以不必。可是，也似乎不必替它们高兴；被人养着，也未尽舒服。生命仿佛是老在魔鬼与荒海的夹缝儿，怎样也不好。

　　我很爱小动物们。我的"爱"只是我自己觉

得如此；到底对被爱的有什么好处，不敢说。它们是这样受我的恩养好呢，还是自由的活着好呢？也不敢说。把养小动物们看成一种事实，我才敢说些关于它们的话。下面的述说，那么，只是为述说而述说。

先说鸽子。我的幼时，家中很贫。说出"贫"来，为是声明我并养不起鸽子；鸽子是种费钱的活玩意儿。可是，我的两位姐丈都喜欢玩鸽子，所以我知道其中的一点儿故典。我没事儿就到两家去看鸽，也不短随着姐丈们到鸽市去玩；他们都比我大着二十多岁。我的经验既是这样来的，而且是幼时的事，恐怕说得不能很完全了；有好多鸽子名已想不起来了。

鸽的名样很多。以颜色说，大概应以灰、白、黑、紫为基本色儿。可是全灰全白全黑全紫的并不值钱。全灰的是楼鸽，院中撒些米就会来一群；物是以缺者为贵，楼鸽太普罗。有一种比楼鸽小，灰色也浅一些的，才是真正的"灰"；但也并不很贵重。全白的，大概就叫"白"吧，我记不清了。全黑的叫黑儿，全紫的叫紫箭，也叫猪血。

猪血们因为羽色单调，所以不值钱，这就容易想到值钱的必是杂色的。杂色的种类多极了，就我所知道的——并且为清楚起见——可以分作下列的四大类：点子、乌、环、玉翅。点子是白身腔，只在头上有手指肚大的一块黑，或紫；尾是随着头上那个点儿，黑或紫。这叫作黑点子和紫点子。乌与点子相近，不过是头上的黑或紫延长到肩与胸部。这叫黑乌或紫乌。这种又有黑翅的或紫翅的，名铁翅乌或铜翅乌——这比单是乌又贵重一些。还有一种，只有黑头或紫头，而尾是白的，叫作黑乌头或紫乌头；比乌的价钱要贱一些。刚才说过了，乌的头部的黑或紫毛是后齐肩，前及胸的。假若黑或紫毛只是由头顶到肩部，而前面仍是白的，这便叫作老虎帽，因为很像廿年前通行的风帽；这种确是非常的好看，因而价值也就很高。在民国初年，兴了一阵子蓝乌和蓝乌头，头尾如乌，而是灰蓝色儿的。这种并不好看，出了一阵子锋头也就拉倒了。

环，简单的很：全白而项上有一黑圈者叫墨环；反之，全黑而项上有白圈者是玉环。此外有紫环，全白而项上有一紫环。"环"这种鸽似乎永远不大高贵。大概可以这么说，白尾的鸽是不易与黑尾或紫尾的相抗，因为白尾的飞起来不大美。

玉翅是白翅边的。全灰而有两白翅是灰玉翅；还有黑玉翅、紫玉翅。所谓白翅，有个讲究：翅上的白翎是左七右八。能够这样，飞起来才正好，白边儿不过宽，也不过窄。能生成就这样的，自然很少，所以鸽贩常常作假，硬插上一两根，或拔去些，是常有的事。这类中又有变种：玉翅而有白尾的，比如一只黑鸽而有左七右八的白翅翎，同时又是白尾，便叫作三块玉。灰的、紫的，也能这样。要是连头也是白的呢便叫作四块玉了。四块玉是比较有些价值的。

在这四大类之外，还有许多杂色的鸽。如鹤袖，如麻背，都有些价值，可不怎么十分名贵。在北平，差不多是以上述的四大类为主。新种随时有，也能时兴一阵，可都不如这四类重要与长远。

就这四大类说，紫的老比别的颜色高贵。紫色儿不容易长到好处，太深了就遭猪血之诮，太浅了又黄不唧的寒酸。况且还容易长"花了"呢，特别是在尾巴上，翎的末端往往露出白来，像一块癣似的，把个尾巴就毁了。

紫以下便是黑，其次为灰。可是灰色如只是一点，如灰头、灰环，便又可贵了。

这些鸽中，以点子和乌为"古典的"。它们的价值似乎永远不变，虽然普通，可是老是鸽群之主。这么说吧，飞起四十只鸽，其中有过半的点子和乌，而杂以别种，便好看。反之，则不好看。要是这四十只都是点子，或都是乌，或点子与乌，便能有顶好的阵容。你几乎不能飞四十只环或玉翅。想想看吧：

点子是全身雪白，而有个黑或紫的尾，飞起来像一群玲珑的白鸥；及至一翻身呢，那黑或紫的尾给这轻洁的白衣一个色彩深厚的裙儿，既轻妙而又厚重。假若是太阳在西边，而东方有些黑云，那就太美了：白翅在黑云下自然分外的白了；一斜身儿呢，黑尾或紫尾——最好是紫尾——迎着阳光闪起一些金光来！点子如是，乌也如是。白尾巴的，无论长得多么体面，飞起来没这种美妙，要不怎么不大值钱呢。铁翅乌或铜翅乌飞起来特别的好看，像一朵花，当中一块白，前后左右都镶着黑或紫，他使人觉得安闲舒适。可是铜翅乌几乎永远不飞，飞不起，贱的也得几十块钱一对儿吧。玩鸽子是满天飞洋钱的事儿，洋钱飞起却是不如在手里牢靠的。

可是，鸽子的讲究儿不专在飞，正如女子出头露脸不专仗着能跑五十米。它得长得俊。先说头吧，平头或峰头（峰读如凤；也许就是凤，而不是峰，）便决定了身价的高低。所谓峰头或凤头的，是在头上有一撮立着的毛；平头是光葫芦。自然凤头的是更美，也更贵。峰——或凤——不许有杂毛，黑便全黑，紫便全紫，搀着白的便不够派儿。它得大，而且要像个荷包似的向里包包着。鸽贩常把峰的杂毛剔去，而且把不像荷包的收拾得像荷包。这样收拾好的峰，就怕鸽子洗澡，因为那好看的头饰是用胶粘的。

头最怕鸡头,没有脑杓儿,楞头磕脑的不好看。头须像算盘子儿,圆忽忽的,丰满。这样的头,再加上个好峰,便是标准美了。

眼,得先说眼皮。红眼皮的如害着眼病,当然不美。所以要强的鸽子得长白眼皮。宽宽的白眼皮,使眼睛显着大而有神。眼珠也有讲究,豆眼、隔棱眼,都是要不得的。可惜我离开鸽子们已多年,形容不上来豆眼等是什么样子了;有机会到北平去住几天,我还能把它们想起来,到鸽市去两趟就行了。

嘴也很要紧。无论长得多么体面的鸽,来个长嘴,就算完了事。要不怎么,有的鸽虽然很缺少,而总不能名贵呢;因为这种根本没有短嘴的。鸽得有短嘴!厚厚实实的,小墩子嘴,才好看。

头部以外,就得论羽毛如何了。羽毛的深浅,色的支配,都有一定的。老虎帽的帽长到何处,虎头的黑或紫毛应到胸部的何处,都不能随便。出一个好鸽与出一个美人都是历史的光荣。

身的大小,随鸽而异。羽色单调一些的,像紫箭等,自然是越大越蠢,所以以短小玲珑为贵。像点子与乌什么的,个子大一点也不碍事。不过，嘴儿短，长得娇秀，自然不会发展得很粗大了，所以美丽的鸽往往是小个儿。

大个子的，长嘴儿的，可也有用处。大个子的身强力壮翅子硬，能飞，能尾上戴鸽铃，所以它们是空中的主力军。别的鸽子好看，可供地上玩赏；这些老粗儿们是飞起来才见本事，故尔也还被人爱。长嘴儿也有用，孵小鸽子是它们的事：它们的嘴长，"喷"得好——小鸽不会自己吃东西，得由老鸽嘴对嘴的"喷"。再说呢，喷的时候，老的胸部羽毛便糙了；谁也不肯这么牺牲好鸽。好鸽下的蛋，总被人拿来交与丑鸽去孵，丑鸽本来不值钱，身上糙旧一点也没关系。要做鸽就得美呀，不然便很苦了。

有的丑鸽，仿佛知道自己的相貌不扬，便长点特别的本事以与美鸽竞争。有力气戴大鸽铃便是一例。可是有力气还不怎样新奇，所以有的能在空中翻跟头。会翻跟头的鸽在与朋友们一块飞起的时候，能飞着飞着便离群而翻几个跟头，然后再飞上去加入鸽群，然后又独自翻下来。这很好看，假若他是白色的，就好像由蓝空中落下一团雪来似的。这种鸽的身体很小，面貌可不见得美。他有个标帜，即在项上有一小撮毛儿，倒长着。这一撮倒毛儿好像老在那儿说："你瞧，我会翻跟头！"

这种鸽还有个特点，脚上有毛儿，像诸葛亮的羽扇似的。一走，便扑喳扑喳的，很有神气。不会翻跟头的可也有时候长着毛脚。这类鸽多半是全灰全白或全黑的。羽毛不佳，可是有本事呢。

为养毛脚鸽，须盖灰顶的房，不要瓦。因为瓦的棱儿往往伤了毛脚而流出血来。

哎呀！我说"先说鸽子"，已经三千多字了，还没说完！好吧，下回接着说鸽子吧，假若有人爱听。我的题目《小动物们》，似乎也有加上个"鸽"的必要了。

原载一九三五年三月《人间世》第二十四期

蝉与纺织娘

郑振铎

你如果有福气独自坐在窗内,静悄悄的没一个人来打扰你,一点钟,两点钟的过去,嘴里衔着一支烟,躺在沙发上慢慢的喷着烟云,看它一白圈一白圈的升上,那末在这静境之内,你便可以听到那墙角阶前的鸣虫的奏乐。

那鸣虫的作响,真不是凡响。如果你曾听见过曼杜令的低奏,你曾听见过一支洞箫在月下湖上独吹着,你曾听见过红楼的重幔中透漏出的弦管声,你曾听见过流水淙淙的由溪石间流过,或你曾倚在山阁上听着飒飒的松风在足下拂过,那末，你便可以把那如何清幽的鸣虫之叫声想象到一二了。

　　虫之乐队，因季候的关系而颇有不同，夏天与秋令的虫声，便是截然的两样。蝉之声是高旷的，享乐的，带着自己满足之意的；它高高的栖在梧桐树或竹枝上，迎风而唱，那是生之歌，生之盛年之歌，那是结婚曲，那是中世纪武士美人的大宴时的行吟诗人之歌。无论听了那叽——叽——的曼长声，或叽格——叽格——的较短声，都可同样的受到一种轻快的美感。秋虫的鸣声最复杂。但无论纺织娘的叽嘎，蟋蟀的唧唧，金铃子之叮令，还有无数无数不可名状的秋虫之鸣声，其声调之凄抑却都是一样的。它们唱的是秋之歌，是暮年之歌，是薤露之曲。它们的歌声，是如秋风之扫落叶，怨妇之奏琵琶，孤峭而幽奇，清远而凄迷，低徊而愁肠百结。你如果是一个孤客，独宿于荒郊逆旅，一盏荧荧的油灯，对着一张板床，一张木桌，一二张硬板凳，再一听见四壁唧唧知知的虫声间作，那你今夜便不用再想稳稳的安睡了，什么愁情、乡思，以及人生之悲感，都会一串串的从根儿勾引起来，在你心上翻来覆去，如白老鼠在戏笼中走轮盘一般，一上去便不用想下来憩息。如果你不是一个客人，你有家庭，你有很好的太太，你并没有什么闹愁胡想，那末，在你太太已睡之后，你想在书房中静静的写些东西时，这唧唧的秋虫之声却也会无端的窜入你的心里，翻掘起你向不曾有过的一种凄感呢。如果那一夜是一个月夜，天井里统是银白色，枯秃的树影，一根一条的很清朗的印在地上，那末你的感触将更深了。那也许就是所谓悲秋。

秋虫之声，大都在蝉之夏曲已告终之后出现，那正与气候之寒暖相应。但我却有一次奇异的经验；在无数的纺织娘之鸣声已来了之后，却又听得满耳的蝉声。我想我们的读者中有这种经验的人是必不多的。

我在山中，每天听见的只有蝉声，鸟声还比不上。那时天气是很热，即在山上，也觉得并不凉爽。正午的时候，躺在廊前的藤榻上，要求一点的凉风，却见满山的竹树梢头，一动也不动，看看足底下的花草，也都静静的站着，如老僧入了定似的。风扇之类既得不到，只好不断地用手巾来拭汗，不断地在摇挥那纸扇了。在这时候，往往有几缕的蝉声在槛外鸣奏着。闭了目，静静的听了它们在忽高忽低，忽断忽续，此唱彼和，仿佛是一大阵绝清幽的乐队在那里奏着绝清幽的曲子，炎热似乎也减少了，然后，蒙眬地蒙眬地睡去了，什么都不觉得。良久，良久，清梦醒来时，却又是满耳的蝉声。山中的蝉真多！绝早的清晨，老妈子们和小孩子们常去抱着竹竿乱摇一阵，而一只二只的蝉便要跟随了朝露而落到地上了。每一个早晨，在我们滴翠轩的左近，至少是百只以上之蝉是这样的被捉。但蝉声却并不减少。

常常的，一只蝉两只蝉，叽的一声，飞入房内，如平时我们所见的青油虫及灯蛾之飞入一样。这也是必定被人所捉的。有一天，见有什么东西在槛外倒水的铅斗中咯笃咯笃的作响，俯身到槛外一看，却又是一只蝉，这当然又是一个俘虏了。还有好几次，在山脊上走时，忽见矮林丛中有什么东西在动，拨开林丛一看，却也是一只蝉。它是被竹枝竹叶挡阻住了不能飞去。我把它拾在手中。同行的心南先生说："这有什么稀奇，放走了它吧。要多少还怕没有！"我便顺手把它向风中一送，它悠悠扬扬的飞去很远很远，渐渐的不见了。我想不到这只蝉就在刚才是地上拾了来的那一只！

初到时，颇想把它们捉几个寄到上海去送送人。有一次，便托了老妈子去捉。她在第二天一早，果然捉了五六只来放在一个大香烟纸盒中，不料给依真一见，她却吵着，带强迫的要去。我又托那个老妈子去捉。第二天，又捉了四五只来。依真的纸盒中却只剩下两只活的，其余的都死了。到了晚上，我的几只，也死了一半。因此，寄到上海的计划遂根本的打消了。

从此以后，便也不再托人去捉，自己偶然捉来的，也都随手的放去了。那样不经久的东西，留下了它干什么用！不过孩子们却还热心的去捉。依真每天要捉至少三只以上用细绳子缚在铁杆上。有一次，曾有一只蝉居然带了红绳子逃去了；很长的一根红绳子，拖在它后面，在风中飘荡着，很有趣味。

半个月过去了。有的时候，似乎蝉声略少，第二天却又多了起来。虽然是叽——叽——的不息的鸣着，却并不觉喧扰，所以大家都不讨厌它们。我却特别的爱听它们的歌唱，那样的高旷清远的调子，在什么音乐会中可以听得到！我以我每以蝉声将绝为虑，时时的干涉孩子们的捕捉。

到了一夜，狂风大作，雨点如从水龙头上喷出似的，向槛内廊上倾倒。第二天还不放晴。再过一天，晴了，天气却很凉，蝉声乃不再听见了！全山上的鸣唱着的却换了一种叽嘎——叽嘎——的急促而凄楚的调子，那是纺织娘。

"秋天到了。"我这样的说着，颇动了归心。

再一天，纺织娘还是叽嘎叽嘎的唱着。

然而，第三天早晨，当太阳晒得满山时，蝉声却又听见了！且很不少。我初听不信；叽——叽——叽格——叽格——那确是蝉声！纺织娘之声却又潜踪了。

蝉回来了,跟它回来的是炎夏。从箱中取出的棉衣又复放入箱中。下山之计遂又打消了。

谁曾于听了纺织娘歌声之后再听见蝉的夏曲呢?这是我的一个有趣的经验。

十一月八日夜补记。

夏虫之什

缪崇群

楔　子

在这个火药弥天的伟大时代里,偶检破箧,忽然得到这篇旧作。稿纸已经黯黄,没头没尾,不知从何说起,也不知到何处为止,摩挲良久,颇有啼笑皆非之感。记得往年为宇宙之大和苍蝇之微的问题,曾经很热闹地讨论过一阵,不过早已事过境迁,现在提起来未免"夏虫语冰",有点不识时务了。好在当今正是炎炎的夏日,对于俯拾即是的各种各样的虫子,爬的飞的叫的,都是夏之"时者",就乐得在夏言夏,应应景物。即或有人说近乎赶集的味道,那好,也还是在赶呀。只是,童子雕虫篆刻,壮夫所不为罢了。

添上这么一个楔子,以下照抄。恐怕说不清道不明,就在每节后边添个名儿,庶免有人牵强附会当作谜猜,或怪作者影射是非云尔。

一、人虫泛论

在小学和中学时代读过的博物科——后来改作自然和生物科了,我所得到的关于这方面的知识似乎太少了。也许因为人大起来了,对于这些知识反倒忘记,这里能写得出的一些虫子,好像还是在以前课本上所看到的一些图画,不然就是亲自和他们有过交涉的。

最不能磨灭的印象是我在小学《修身》或《国文》课里所读过的一篇文章。大意说,有一个孩子,居然在大庭广众之前,他辩证了人的存在是吃万物,还是蚊子的存在为着吃人的这个惊人的问题。从幼小的时候到成年,到今日,我不大看得起人果真是万物的灵的道理,和我从来也并不敢小视蚊虫的观念,大约都受了他的影响。

偶翻线装书,才知道我少小时候所读的那一课,是出于列子的《说符篇》。为着我谈虫有护符起见,就附带把它抄出:

> 齐田氏祖于庭,食客千人。坐中有献鱼雁者,田氏视之,乃叹曰:"天之于民,厚矣!殖五谷,生鱼鸟,以为之用。"众客和之如响。鲍氏之子年十二,预于次,进曰:"不如君言,天地万物,与我并生类也。类无贵贱,徒以小大智力而相制,迭相食,非相为而生之。人取可食者而食之,岂天本为人生之?且蚊蚋噆肤,虎狼食肉,非天本为蚊蚋生人,虎狼生肉者哉?"

二、蝇

红头大眼,披着金光闪烁的斗篷,里面衬一件苍点或浓绿的贴身袄,装束得颇有些类似武侠好汉,但是细细看他的模样,却多少带着些乡婆村姑气。

也算是一种证实的集团的动物了，除了我们不能理解的他们的呼声和高调之外，每个举止风度，都不失之为一个仪表堂堂的人物。

趋炎走势，视膻臭若家常便饭的本领，我们人类在他们之前将有愧色。向着光明的地方百折不回，硬碰头颅而无任何顾虑的这种精神，我们固然不及；至如一唱百和，飘然而来，飘然而去的态度，我们也将瞠乎其后的。

兢兢业业地，我从来不曾看见他们阖过一次眼，无时无刻不在摩拳擦掌地想励精图治的样子，偶尔难以两臂绕颈，做出闲散的姿式，但谁可以否认那不是埋头苦干、挖空心机的意思。

遗憾的只是谁都对于他们的出身和居留地表示反感，甚至于轻蔑、谩骂，使他们永远诅咒着他们再也诅咒不尽的先天的缺陷。湮没了自身的一切，熙熙攘攘地度了一个短促的时季，死了，虽然也和人们一样的葬身于粪土之中。

人类的父母是父母，子弟是子弟，父母的父母是祖先——而他们的祖先是蛆虫，他们的后人也是蛆虫，这显然不同的原因，大约就是人类会穿衣吃饭，肚子饱了，又有遮拦，他们始终是虫，所以不管他们的祖先和后人也都是蛆了。

出身的问题，竟这样决定了每个生物的运命，我不禁惕然！

但无论如何，他总算是一员红人，炎炎时代中的一位时者，留芳乎哉！遗臭乎哉！

三、蛇

想着他，便憧憬起一切热带的景物来。

深林大沼中度着寓公的生活，叫他是土香土色的草莽英雄也未为不可。在行一点的人们，却都说他属于一种冷血的动物。

花色斑斓的服装，配着修长苗条的身躯，真是像一个秀色可餐的女人，但偏偏有人说女人倒是像他。

这世界上多的是这样反本为末、反末为本的事，我不大算得清楚了。

且看他盘着像一条绳索，行走起来仿佛在空间描画着秀丽的峰峦。碰他高兴，就把你缠得不可开交。你精疲力竭了，他才开始胜利地昂起了头。莎乐美捧着血淋淋的人头笑了；他伸出了舌尖，火焰一般的舌尖，那热烈的吻，够你消受的！

据说他的瞳孔得天独厚，他看见什么东西都是比他渺小，所以他不怕一切地向前扑去，毫不示弱。也许正是因为人的心眼太窄小了，明明是挂在墙上的一张弓，映到杯里的影子也当作了他的化身，害得一场大病。有些人见了他，甚至于急忙把自己的屁眼也堵紧，以为无孔不入的他，会钻了进去丧了性命——其实是同归于尽——像这种过度的神经过敏症，过度的恐怖病，不是说明了人们是真的渺小吗？

幸亏他还没有生着脚，固然给画家描绘起来省了一笔事，可是一些意想不到的灵通，也就叫他无法实现了。

计谋家毕竟令人佩服，说打一打草也是对于他的一种策略。渺小的人们，应该有所憬悟了罢？

虽然，象征着中国历代帝王的那种动物，龙，也不过比他多生了几根胡须，多长了几条腿和爪子罢了。

四、萤

不与光明争一日的短长，永远是黑夜里的游客。在月光下的池畔，也常常瞥见他的踪影，真好像一条美丽的白鱼。细鳞被微风吹翻了，散在水上，荡漾着，闪动着。从不曾看见鬼火是一种什么东西的我，就臆测着他带着那个小小灯笼是以幽灵为膏烛的。

静静地凝视着他,他把星星招引来了,他也会牵人到黑暗的角落里去。自己仿佛眩迷了,灵魂如同披了一件轻细的纱衣,恍惚地溶在黑暗里,又恍惚地在空中飘舞了一阵,等恢复了意识之后,第一就想把自己找回来,再则就要把他捉住。

在孩提的时候,便受了大人的告诫:"飞进鼻孔里会送命。"直到如今仍旧切记不忘。我以为这种教训正是"寓禁于征"的反面的作用。

和"头悬梁,锥刺股"相媲美的苦读生的故事,使这个小虫的令名,也还传留在所谓书香人家的子弟耳里。

不过,如今想来,苦读虽好,企图这一点点光亮,从这个小虫子身上打算进到富贵功名的路途,却也未免抹煞风景了。我希望还是把它当一项时代参考的资料为佳。

欣喜着这个小虫子没有绝种——会飞的,会流的星子,夏夜里常常无言地为我画下灵感的符号;漂着我的心绪,现着,却不能再度寻觅的我所向往的那些路迹。

虽没有刺目的光明,可是他已经完成了使黑暗也成为裂隙的使命了。

五、蜈蚣

"百足之虫，死而不僵。"多半是说着他了。

首尾断置，不僵，又该怎样？这个问题我是颇有提出来讨论一下的兴致的。就算他有一百只足，或是一百对足罢，走起来也并不见得比那一条腿都没有的更快些。我想，这不僵的道理，是"并不在乎"吗？那么腿多的到底是生路也多之谓么；或者，是在观感上叫人知道他死了还有那么多摆设吗？

有着五毒之一头衔的他，其名恐怕不因足而显罢？

亏得鸡有一张嘴，便成了他的力敌，管他腿多腿少，死而不僵，或是僵而不死；管他头衔如何，有毒无毒，吃下去也并没有翘了辫子。所以我们倒不必斤斤斥责说"肉食者鄙"的话了。

六、蝉

今天开始听见他的声音，像一个阔别的友人，从远远的地方归来，虽还没有和他把晤，知道他已经立在我的门外了。也使我微微地感伤着：春天，挽留不住的春天，等到明年再会吧。

谁都厌烦他把长的日子拖着来了，他又把天气鼓躁得这么闷热。但谁会注意过一个幼蛹，伏在地下，藏在树洞里……经过了几年甚至于一二十年长久的蛰居的时日，才蜕生出来看见天地呢？一个小小的虫豸，他们也不能不忍负着这么沉重的一个运命的重担！

运命也并不一定是一出需要登场的戏剧哩。

鱼为了一点点饵食上了钩子，岸上的人笑了。孩子们只要拿一根长长的杆子，顶端涂些胶水，仰着头，循着声音，便将他们粘住了。他们并不贪求饵食，连孩子们都知道很难养活他们，因为他们不能受着缚束与囚笼里的日子，他们所需要的惟有空气与露水与自由。

人们常常说"自鸣"就近于得意，是一件招祸的事；但又把不平则鸣当作一种必然的道理。我看这个世界上顶好的还是作个哑巴，才合乎中庸之道吧？

话说回来，他之鸣，并非"得已"，螳螂搏着他，也并未作声，焉知道黄雀又跟在他后面呢？这种甲被乙吃掉，甲乙又都被丙吃掉的真实场面，可惜我还没有身临其境，不过想了想虫子也并不比人们更倒霉些罢了。

有时，听见一声长长的嘶音，掠空而过，仰头望见一只鸟飞了过去，嘴里就衔着了一个他。这哀惨的声音，唤起了我的深痛的感觉。夏天并不因此而止，那些幼蛹，会从许多的地方生长起来，接踵地攀到树梢，继续地叫着，告诉我们：夏天是一个应当流汗的季候。

我很想把他叫作一个歌者，他的歌，是唱给我们流汗的劳动者的。

七、壁虎

桃色的传说，附在一个没有鳞甲的、很像小鳄鱼似的爬虫的身上，居然迄今不替，真是一件令人不可思议的事了！

守宫——我看过许多书籍，都没有找到一个真实可以显示他的妙用的证据。

所谓宫，在那里面原是住着皇帝、皇后和妃子等等的一类神圣不可侵犯的人物——男的女的主子们，守卫他们的自然是一些忠勇的所谓禁军们，然而把这样重要的使命赋予一个小虫子的身上，大约不是另有其他的原故，就是另有其他的解释了。

凭他飞檐走壁的本领，看守宫殿，或者也能够胜任愉快。记得小时候我们常常捉弄他，把他的尾巴打断了，只要有一小截，还能在地上里里外外地转接成几个圈子。那种活动的小玩意儿，煞是好看的。至于他还有什么妙用，在当时是一点也不能领悟出来。

所谓贞操的价值，现在是远不及那些男用女用的"维他赐保命"贵重，他只好爬在墙壁上称雄而已。

关于那桃色的传说，我想女人们也不会喜欢听的，就此打住。

八、臭虫

胖胖的房东太太，带着一脸天生的滑稽相，对我说了半天，比了半天，边说边笑着，询问我那是一种什么东西。我不大领会她的全部的意思，因为那时我对于非本国语的程度还不够，可是我感到侮辱了，侮辱使我机智——

"那个东西么？东京虫哩。"我简单地回答出她比了半天，说了半天的那个东西。

她莫奈何地唏唏唏……笑了，她明明知道我知道，而我故意地却给她了一个新的名字，我偏不能因为一个小小的虫名，也便使我们的国体沾了污点。

这还是十多年以前的一件事。

后来，每当我发现了这个非血不饱的小虫时，我总会给他任何的一种极刑。普通是捏死，踩死，或是烧死。有时想尽了方法给他凌迟处死。最后我看见他流了血，在一滴血色中，我才感到报复后的喜悦与畅快！

像这样侵略不厌、吃人不够的小敌人，我敢断定他们的发祥地绝不是属于我们的国土之上的。

某国人有句谚语："'南京虫'比丘八爷还厉害！"这么一说，就可想他们国度里的所谓"皇军"真面目之一斑了。把这个其恶无比的吃血的小虫子和军人相提并论起来，武士道……一类的大名词，也就毋庸代为宣扬了。我誉之为"东京虫"者，谁曰不宜？

听说这个小虫，在一夜之间，可以四世或五世同堂（床？）。繁殖的能力，着实惊人了。

可怜的这个小虫子发祥地的国度里的臣民呀！

九、蝎

北方人家的房屋，里面多半用纸裱糊一道。在夜晚，有时听见顶棚或墙壁上司拉司拉的声响，立刻将灯一照，便可以看见身体像一只小草鞋的虫子，翘卷着一个多节的尾巴，不慌不忙地来了。尾巴的顶端有个钩子，形像一个较大的逗号","。那就是他底自卫的武器，也是因为有了这么一个含毒的螫子，所以他的名望才扬大了起来。

人说他的腹部有黑色的点子，位置各不相同，八点的像张"人"牌，十一点的像张"虎头"……一个一个把他们集了起来，不难凑成一副骨牌——我不相信这种事，如同我不相信赌博可以赢钱一样。（倘如平时有人拿这副牌练习，那么他的赌技恐怕就不可思议了。）

有人说把他投在醋里，隔一刻儿便能化归乌有。我试验了一次，并无其事。想必有人把醋的作用夸得太过火了。或许意在叫吃醋的人须加小心，免得不知不觉中把毒物吃了下去。

还有人说，烧死他一个，不久会有千千万万个，大大小小的倾巢而出。这倒是多少有点使人警惕了。所以我也没敢轻于尝试一回，果真前个试验是灵效，我预备一大缸醋，出来一个化他一个，岂非成了一个除毒的圣手了么？

什么时候回到我那个北方的家里，在夏夜，摇着葵扇，呷一两口灌在小壶里的冰镇酸梅汤，听听棚壁上偶尔响起了的司拉司拉的声音……也是一件颇使我心旷神怡的事哩。

大大方方地翘着他的尾巴沿壁而来,毫不躲闪,不是比那些武装走私的,作幕后之宾的,以及那些"洋行门面"里面却暗设着销魂馆、福寿院的;穿了西装,留着仁丹胡子,腰间却藏着红丸、吗啡、海洛因的绅士们,更光明磊落些么?

"无毒不丈夫"的丈夫,也应该把他们分出等级才对!

十、蚊

闹嚷嚷的成为一个市集,直等天色全黑了,他们才肯回到各自的处所去。

议会吗?联欢吗?我想不出他们究竟有什么目的和企图。

蜘蛛,像一个穿黑色衣服的法西斯信徒,在一边觊觎着,仿佛伺隙而进。我的奋斗的警句,隐约地压倒了他们那一大群——

"多数人永不能代替一个'人',多数时常是愚蠢而又懦弱的政策的辩护人。"

像希特勒那样的"成功",还不是多半由他们给造就的吗?不看这位巨头,迄今还是一个独身者,甚至于连女色也不接近，保持着他这个"处男"的身份。

感谢世界上还有一种寒热症，轮到谁头上，谁得打摆子，那也许就是他说胡话、发抖的时候了吧。

我得燃起一根线香来，我想睡一夜好觉了。

二

等一朵花开，享一份清欢

两株树——草木虫鱼之三

周作人

我对于植物比动物还要喜欢,原因是因为我懒,不高兴为了区区视听之娱一日三餐地去饲养照顾,而且我也有点相信"鸟身自为主"的迂论,觉得把它们活物拿来做囚徒当奚奴,不是什么愉快的事,若是草木便没有这些麻烦,让它们直站在那里便好,不但并不感到不自由,并且还真是生了根地不肯再动一动哩。但是要看树木花草也不必一定种在自己的家里,关起门来独赏,让它们在野外路旁,或是在人家粉墙之内也并不妨,只要我偶然经过时能够看见两三眼,也就觉得欣然，很是满足的了。

树木里边我所喜欢的第一个是白杨。小时候读《古诗十九首》，读过"白杨何萧萧，松柏夹广路"之句，但在南方终未见过白杨，后来在北京才初次看见。

谢在杭著《五杂俎》中云："古人墓树多植梧楸，南人多种松柏，北人多种白杨。白杨即青杨也，其树皮白如梧桐，叶似冬青，微风击之辄淅沥有声，故古诗云，白杨多悲风，萧萧愁杀人。予一日宿邹县驿馆中，甫就枕即闻雨声，竟夕不绝，侍儿曰，雨矣。予讶之曰，岂有竟夜雨而无檐溜者？质明视之，乃青杨树也。南方绝无此树。"

《本草纲目》卷三五下引陈藏器曰："白杨北土极多，人种墟墓间，树大皮白，其无风自动者乃杨梂，非白杨也。"又寇宗奭云："风才至，叶如大雨声，谓无风自动则无此事，但风微时其叶孤极处则往往独摇，以其蒂长叶重大，势使然也。"王象晋《群芳谱》则云杨有二种，一白杨，一青杨，白杨蒂长两两相对，遇风则籁籁有声，人多植之坟墓间，由此可知白杨与青杨本自有别，但"无风自动"一节却是相同。在史书中关于白杨有这样的两件故事：

《南史·萧惠开传》："惠开为少府，不得志，寺内斋前花草甚美，悉铲除，别植白杨。"

《唐书·契苾何力传》："龙翔中司稼少卿梁修仁新作大明宫，植白杨于庭，示何力曰，此木易成，不数年可芘。何力不答，但诵白杨多悲风萧萧愁杀人之句，修仁惊悟，更植以桐。"

这样看来，似乎大家对于白杨都没有什么好感。为什么呢？这个理由我不大说得清楚，或者因为它老是簌簌的动的缘故罢。听说苏格兰地方有一种传说，耶稣受难时所用的十字架是用白杨木做的，所以白杨自此以后就永远在发抖，大约是知道自己的罪孽深重。但是做钉的铁却似乎不曾因此有什么罪，黑铁这件东西在法术上还总有点位置的，不知何以这样地有幸有不幸。（但吾乡结婚时忌见铁，凡门窗上铰链等悉用红纸糊盖，又似别有缘故。）我承认白杨种在墟墓间的确很好看，然而种在斋前又何尝不好，它那瑟瑟的响声第一有意思。我在前面的院子里种了一棵，每逢夏秋有客来斋夜话的时候，忽闻浙沥声，多疑是雨下，推户出视，这是别种树所没有的佳处。梁少卿怕白杨的萧萧改植梧桐。其实梧桐也何尝一定吉祥，假如要讲迷信的话，吾乡有一句俗谚云，"梧桐大如斗，主人搬家走"，所以就是别庄花园里也很少种梧桐的。这实在是一件很可惜的事，梧桐的枝干和叶子真好看，且不提那一叶落知天下秋的兴趣了。在我们的后院里却有一棵，不知已经有若干年了，我至今看了它十多年，树干还远不到五合的粗，看它大有黄杨木的神气，虽不厄闰也总长得十分缓慢呢。——因此我想到避忌梧桐大约只是南方的事，在北方或者并没有这句俗谚，在这里梧桐想要如斗大恐怕不是容易的事罢。

第二种树乃是乌桕，这正与白杨相反，似乎只生长于东南，北方很少见。陆龟蒙诗云，"行歇每依鸦舅影"，陆游诗云，"乌桕赤于枫，园林二月中"，又云，"乌桕新添落叶红"，都是江浙乡村的景象。《齐民要术》卷十列"五谷果蓏菜茹非中国物产者"，下注云"聊以存其名目，记其怪异耳，爰及山泽草木任食非人力所种者，悉附于此，"其中有乌臼一项，引《玄中记》云："荆阳有乌臼，其实如鸡头，迮之如胡麻子，其汁味如猪脂。"《群芳谱》言："江浙之人，凡高山大道溪边宅畔无不种。"此外则江西安徽盖亦多有之。关于它的名字，李时珍说："乌喜食其子，因以名之……或曰，其木老则根下黑烂成臼，故得此名。"我想这或曰恐太迂曲，此树又名鸦舅，或者与乌不无关系，乡间冬天卖野味有柏子鸟（读如呆鸟字），是道墟地方名物，此物殆是乌类乎，但是其味颇佳，平常所谓鸟肉几乎便指此鸟也。

柏树的特色第一在叶，第二在实。放翁生长稽山镜水间，所以诗中常常说及柏叶，便是那唐朝张继的寒山寺诗所云江枫渔火对愁眠，也是在说这种红叶。王端履著《重论文斋笔录》卷九论及此诗，注云："江南临水多植乌柏，秋叶饱霜，鲜红可爱，诗人类指为枫，不知枫生山中，性最恶湿，不能种之江畔也。此诗江枫二字亦未免误认耳。"范寅在《越谚》卷中柏树项下说："十月叶丹，即枫，其子可榨油，农皆植田边。"就把两者误合为一。罗逸长《青山记》云："山之麓朱村，盖考亭之祖居也，自此倚石啸歌，松风上下，遥望木叶着霜如渥丹，始见怪以为红花，久之知为乌柏树也。"《蓬窗续录》云："陆子渊《豫章录》言，饶信间柏树冬初叶落，结子放蜡，每颗作十字裂，一丛有数颗，望之若梅花初绽，枝柯诘曲，多在野水乱石间，远近成林，真可作画。此与柿树俱称美荫，园圃植之最宜。"这两节很能写出柏树之美，它的特色仿佛可以说是中国画的，不过此种景色自从我离了水乡的故国已经有三十年不曾看见了。

柏树子有极大的用处，可以榨油制烛，《越谚》卷中蜡烛条下注曰："卷芯草干，熬柏油拖蘸成烛，加蜡为皮，盖紫草汁则红。"汪曰帧著《湖雅》卷八中说得更是详细：

"中置烛心，外裹乌桕子油，又以紫草染蜡盖之，曰桕油烛。用棉花子油者曰青油烛，用牛羊油者曰荤油烛。湖俗粑神祭先必燃两炬，皆用红桕烛。婚嫁用之曰喜烛，缀蜡花者曰花烛，祝寿所用曰寿烛，丧家则用绿烛或白烛，亦桕烛也。"

日本寺岛安良编《和汉三才图会》五八引《本草纲目》语云："烛有蜜蜡烛虫蜡烛牛脂烛桕油烛。"后加案语曰：

"案唐式云少府监每年供蜡烛七十挺，则元以前既有之矣。有数品，而多用木蜡牛脂蜡也。有油桐子蚕豆苍耳子等为蜡者，火易灭。有鲸鲵油为蜡者，其焰甚臭，牛脂蜡亦臭。近年制精，去其臭气，故多以牛蜡伪为木蜡，神佛灯明不可不辨。"

但是近年来蜡烛恐怕已是倒了运，有洋人替我们造了电灯，其次也有洋蜡洋油，除了拿到妙峰山上去之外大约没有它的什么用处了。就是要用蜡烛，反正牛羊脂也凑合可以用得，神佛未必会得见怪，——日本真宗的和尚不是都要娶妻吃肉了么？那么桕油并不再需要，田边水畔的红叶白实不久也将绝迹了罢。这于国民生活上本来没有什么关系，不过在我想起来的时候总还有点怀念，小时候喜读《南方草木状》《岭表录异》

和《北户录》等书,这种脾气至今还是存留着,秋天买了一部大板的《本草纲目》,很为我的朋友所笑,其实也只是为了这个缘故罢了。

十九年十二月二十五日,于北平煅药庐。

白门之杨柳

张恨水

在中国词章家熟用的名词里有"白门柳"这个名称儿。杨柳这样东西,在中国虽是大片土地里有它存在的,可是对于这样东西,却特地联系着成一个专用名词,那实在有点缘故。据我个人在南京得来的经验,是南京的山水风月,杨柳陪衬了它不少的姿态。同时,历代的建筑,离不开杨柳,历代的文献,也离不开杨柳。杨柳和南京,越久越亲密。甚至一代兴亡,都可以在杨柳上去体会。所以《桃花扇》上第一折《听稗》劈头就说:"无人处又添几树杨柳。"

南京的杨柳，既大且多，而姿势又各穷其态，在南京曾经住过一个时期的主儿，必能相信我不是夸张。在南京城里，或者还看不到杨柳的众生相，你如果走过南京的四郊，就会觉得扬子江边的杨柳，大群配着江水芦洲，有一种浩荡的雄风，秦淮水上的杨柳两行，配着长堤板桥，有一种绵渺的幽思。而水郭渔村，不成行伍的杨柳，或聚或散，或多或少，远看像一堆翠峰，近看像无数绿障，鸡鸣犬吠，炊烟夕照，都在这里起落，随时随地是诗意。山地是不适于杨柳的，而南京的山多数是丘陵，又总是带着池沼溪涧，在这里平桥流水之间，长上几株大小杨柳，风景非常的柔媚。这样，就是江南江水了。不但此也，古庙也好，破屋也好，冷巷也好，有那么两三株高大的杨柳，情调就不平凡，这情形也就只有南京极普遍。

　　杨柳自是点缀春天的植物，其实秋天里在西风下飘零着黄叶，冬天里在冰雪中摇撼枯条，也自有它的情思。而在南京对于杨柳的赞美，毋宁说是夏天。屋子门口，有两株高大的杨柳，绿阴就遮了整个院落。它特别的不挡风，风由拖着长绿条子的活缝里过来，吹拂到人身上，有一种说不出来的舒适。晚上一轮白月，涌上了绿树梢头，照着杨柳堆上的绿浪，在风里摇动，好像无数的绿毛怪兽在跳舞。这还是就家中仅有的杨柳说。如走上一条古老的旧街，鹅卵石的路面，两旁矮矮的土墙店铺，远远的在街头拥上一株古柳，高入云霄，这街头上行人车马稀少，一片蝉声下，撒着一片淡淡的绿阴，这就感到一番古城的幽思。

在南京度过夏天的人，都游过玄武湖，一出了玄武门，就会感到走入了一个清凉世界。而这份清凉，不是面前的湖水和远峙的山峰给予的。正是你一出城门，就踏上一道古柳长堤，柳树顶尽管撑上天，它下垂的柳枝，却是拖靠了地，拂在水面，拂在行人身上。永远透不进日光的绿浪子，四处吹来着水面清风，这里面就不知有夏。我曾在南京西郊上新河，经过半个夏天，我就有一个何必庐山之感。这里唯一给予人清凉的思物，就是杨柳。出汉西门，在一块平原上四周展望，人围在绿城里，这绿城是什么？就是江边的柳林，镇外的柳林。尤其在月下，这四处的柳林，很像无数小山。我住家所在，门前一道子江，水波不兴，江边一排大柳林，大柳林下，青苔铺路就是我家的竹篱柴门，门里一个院落，又是两株大柳树。屋后一口塘，半亩菜又是三棵大柳树。左右邻居，不用说，杨柳和池塘。这一幢三进平房整天都在绿阴里，决没有热到百度的气候。我于这半个夏季里,乃知白门杨柳之多,而又多得多么可爱。

原载一九四四年八月八日重庆《新民报》

牵牛花

叶圣陶

手种牵牛花，接连有三四年了。水门汀地没法下种，种在十来个瓦盆里。泥是今年又明年反复用着的，无从取得新的泥来加入。曾与铁路轨道旁种地的那个北方人商量，愿出钱向他买一点儿，他不肯。

从城隍庙的花店里买了一包过磷酸骨粉，掺和在每一盆泥里，这算代替了新泥。

瓦盆排列在墙脚，从墙头垂下十条麻线，每两条距离七八寸，让牵牛的藤蔓缠绕上去。这是今年的新计划，往年是把瓦盆摆在三尺光景高的木架子上的。这样，藤蔓很容易爬到了墙头。随后长出来的互相纠缠着，因自身的重量倒垂下来，但末梢的嫩条便又蛇头一般仰起，向上伸，与别组的嫩条纠缠，待不胜重量时重演那老把戏。因此墙头往往堆积着繁密的叶和花，与墙腰的部分不相称。今年从墙脚爬起，沿墙多了三尺光景的路程，或者会好一点儿；而且，这就将有一垛完全是叶和花的墙。

藤蔓从两瓣子叶中间引伸出来以后，不到一个月功夫，爬得最快的几株将要齐墙头了。每一个叶柄处生一个花蕾，像谷粒那么大，便转黄萎去。据几年来的经验，知道起头的一批花蕾是开不出来的；到后来发育更见旺盛，新的叶蔓比近根部的肥大，那时的花蕾才开得成。

今年的叶格外绿，绿得鲜明；又格外厚，仿佛丝绒剪成的。这自然是过磷酸骨粉的功效。他日花开，可以推知将比往年的盛大。

但兴趣并不专在看花，种了这小东西，庭中就成为系人心情的所在，早上才起，工毕回来，不觉总要在那里小立一会儿。那藤蔓缠着麻线卷上去，嫩绿的头看似静止的，并不动弹；实际却无时不回旋向上，在先朝这边，停一歇再看，它便朝那边了。前一晚只是绿豆般大一粒嫩头，早起看时，便已透出二三寸长的新条，缀一两张长满细白绒毛的小叶子，叶柄处是仅能辨认形状的小花蕾，而末梢又有了绿豆般大一粒嫩头。有时认着墙上的斑剥痕想，明天未必便爬到那里吧。但出乎意外，明晨竟爬到了斑驳痕之上。好努力的一夜功夫！"生之力"不可得见；在这样小立静观的当儿，却默契了"生之力"了。渐渐地，浑忘意想，复何言说，只呆对着这一墙绿叶。

即使没有花，兴趣未尝短少；何况他日花开，将比往年盛大呢。

原载一九三一年九月二十日《北斗》月刊创刊号

养 花

老 舍

我爱花,所以也爱养花。我可还没成为养花专家,因为没有工夫去作研究与试验。我只把养花当做生活中的一种乐趣,花开得大小好坏都不计较,只要开花,我就高兴。在我的小院中,到夏天,满是花草,小猫儿们只好上房去玩耍,地上没有它们的运动场。

花虽多,但无奇花异草。珍贵的花草不易养活,看着一棵好花生病欲死是件难过的事。我不愿时时落泪。北京的气候,对养花来说,不算很好。冬天冷,春天多风,夏天不是干旱就是大雨倾盆，秋天最好，可是忽然会闹霜冻。在这种气候里，想把南方的好花养活，我还没有那么大的本事。因此，我只养些好种易活、自己会奋斗的花草。

不过，尽管花草自己会奋斗，我若置之不理，任其自生自灭，它们多数还是会死了的。我得天天照管它们，像好朋友似的关切它们。一来二去，我摸着一些门道：有的喜阴，就别放在太阳地里；有的喜干，就别多浇水。这是个乐趣，摸住门道，花草养活了，而且三年五载老活着、开花，多么有意思呀！不是乱吹，这就是知识呀！多得些知识，一定不是坏事。

我不是有腿病吗，不但不利于行，也不利于久坐。我不知道花草们受我的照顾，感谢我不感谢；我可得感谢它们，在我工作的时候，我总是写了几十个字，就到院中去看看，浇浇这棵，搬搬那盆，然后回到屋中再写一点，然后再出去，如此循环，把脑力劳动与体力劳动结合到一起，有益身心，胜于吃药。要是赶上狂风暴雨或天气突变哪，就得全家动员，抢救花草，十分紧张。几百盆花，都要很快地抢到屋里去，使人腰酸腿疼，热汗直流。第二天，天气好转，又得把花儿都搬出去，就又一次腰酸腿疼，热汗直流。可是，这多么有意思呀！不劳动，连棵花儿也养不活，这难道不是真理么？

送牛奶的同志，进门就夸"好香"！这使我们全家都感到骄傲。赶到昙花开放的时候，约几位朋友来看看，更有秉烛夜游的神气——昙花总在夜里放蕊。花儿分根了，一棵分为数棵，就赠给朋友们一些；看着友人拿走自己的劳动果实，心里自然特别喜欢。

当然，也有伤心的时候，今年夏天就有这么一回。三百株菊秧还在地上（没有移入盆中的时候），下了暴雨。邻家的墙倒了下来，菊秧被砸死者约三十多种，一百多棵！全家都几天没有笑容！

有喜有忧，有笑有泪，有花有实，有香有色，既须劳动，又长见识，这就是养花的乐趣。

原载一九五六年十月二十一日《文汇报》

葡萄月令

汪曾祺

一月,下大雪。

雪静静地下着。果园一片白。听不到一点声音。

葡萄睡在铺着白雪的窖里。

二月里刮春风。

立春后,要刮四十八天"摆条风"。风摆动树的枝条,树醒了,忙忙地把汁液送到全身。树枝软了。树绿了。

雪化了,土地是黑的。

黑色的土地里，长出了茵陈蒿。碧绿。

葡萄出窖。

把葡萄窖一锹一锹挖开。挖下的土，堆在四面。葡萄藤露出来了，乌黑的。有的梢头已经绽开了芽苞，吐出指甲大的苍白的小叶。它已经等不及了。

把葡萄藤拉出来，放在松松的湿土上。

不大一会，小叶就变了颜色，叶边发红；——又不大一会，绿了。

三月，葡萄上架。

先得备料。把立柱、横梁、小棍，槐木的、柳木的、杨木的、桦木的，按照树棵大小，分别堆放在旁边。立柱有汤碗口粗的、饭碗口粗的、茶杯口粗的。一棵大葡萄得用八根、十根，乃至十二根立柱。中等的，六根、四根。

先刨坑，竖柱。然后搭横梁，用粗铁丝摽紧。然后搭小棍，用细铁丝缚住。

然后，请葡萄上架。把在土里趴了一冬的老藤扛起来，得费一点劲。大的，得四五个人一起来。"起！——起！"哎，它起来了。把它放在葡萄架上，把枝条向三面伸开，像五个指头一样的伸开，扇面似的伸开。然后，用麻筋在小棍上固定住。葡萄藤舒舒展展，凉凉快快地在上面待着。

上了架，就施肥。在葡萄根的后面，距主干一尺，挖一道半月形的沟，把大粪倒在里面。葡萄上大粪，不用稀释，就这样把原汁大粪倒下去。大棵的，得三四桶。小葡萄，一桶也就够了。

四月，浇水。挖窖挖出的土，堆在四面，筑成垄，就成一个池子。池里放满了水。葡萄园里水气浟浟，沁人心肺。

葡萄喝起水来是惊人的。它真是在喝哎！葡萄藤的组织跟别的果树不一样，它里面是一根一根细小的导管。这一点，中国的古人早就发现了。《图经》云："根苗中空相通。圃人将货之，欲得厚利，暮溉其根，而晨朝水浸子中矣，故俗呼其苗为木通。""暮溉其根，而晨朝水浸子中矣"，是不对的。葡萄成熟了，就不能再浇水了。再浇，果粒就会涨破。"中空相通"却是很准确的。浇了水，不大一会，它就从根直吸到梢，简直是小孩嘬奶似的拼命往上嘬。浇过了水，你再回来看看吧：梢头切断过的破口，就嗒嗒地往下滴水了。

是一种什么力量使葡萄拼命地往上吸水呢？

施了肥，浇了水，葡萄就使劲抽条、长叶子。真快！原来是几根根枯藤，几天功夫，就变成青枝绿叶的一大片。

五月，浇水，喷药，打梢，掐须。

葡萄一年不知道要喝多少水，别的果树都不这样。别的果树都是刨一个"树碗"，往里浇几担水就得了，没有像它这样的"漫灌"，整池子的喝。

喷波尔多液。从抽条长叶，一直到坐果成熟，不知道要喷多少次。喷了波尔多液，太阳一晒，葡萄叶子就都变成蓝的了。

葡萄抽条，丝毫不知节制，它简直是瞎长！几天功夫，就抽出好长的一截的新条。这样长法还行呀，还结不结果呀？因此，过几天就得给它打一次条。葡萄打条，也用不着什么技巧，是个人就能干，拿起树剪，噼噼啪啪，把新抽出来的一截都给它铰了就得了。一铰，一地的长着新叶的条。

葡萄的卷须，在它还是野生的时候是有用的，好攀附在别的什么树木上。现在，已经有人给它好好地固定在架上了，就一点用也没有了。卷须这东西最耗养分，——凡是作物，都是优先把养分输送到顶端，因此，长出来就给它掐了，长出来就给它掐了。

葡萄的卷须有一点淡淡的甜味。这东西如果腌成咸菜，大概不难吃。

五月中下旬，果树开花了。果园，美极了。梨树开花了，苹果树开花了，葡萄也开花了。

都说梨花像雪，其实苹果花才像雪。雪是厚重的，不是透明的。梨花像什么呢？——梨花的瓣子是月亮做的。

有人说葡萄不开花，哪能呢！只是葡萄花很小，颜色淡黄微绿，不钻进葡萄架是看不出的。而且它开花期很短。很快，就结出了绿豆大的葡萄粒。

六月，浇水、喷药、打条、掐须。

葡萄粒长了一点了，一颗一颗，像绿玻璃料做的纽子。硬的。

葡萄不招虫。葡萄会生病，所以要经常喷波尔多液。但是它不像桃，桃有桃食心虫；梨，梨有梨食心虫。葡萄不用疏虫果。——果园每年疏虫果是要费很多工的。虫果没有用，黑黑的一个半干的球，可是它耗养分呀！所以，要把它"疏"掉。

七月,葡萄"膨大"了。

掐须,打条,喷药,大大地浇一次水。

追一次肥。追硫铵。在原来施粪肥的沟里撒上硫铵。然后,就把沟填平了,把硫铵封在里面。

汉朝是不会追这次肥的,汉朝没有硫铵。

八月,葡萄"着色"。

你别以为我这里是把画家的术语借用来了。不是的。这是果农的语言,他们就叫"着色"。

下过大雨,你来看看葡萄园吧,那叫好看!白的像白玛瑙,红的像红宝石,紫的像紫水晶,黑的像黑玉。一串一串,饱满、磁棒、挺括,璀璨琳琅。你就把《说文解字》里的玉字偏旁的字都搬了来吧,那也不够用呀!

可是你得快来!明天,对不起,你全看不到了。我们要喷波尔多液了。一喷波尔多液,它们的晶莹鲜艳全都没有了,它们蒙上一层蓝兮兮、白糊糊的东西,成了磨砂玻璃。我们不得不这样干。葡萄是吃的,不是看的。我们得保护它。

过不两天,就下葡萄了。

一串一串剪下来,把病果、瘪果去掉,妥妥地放在果筐里。果筐满了，盖上盖，要一个棒小伙子跳上去蹦两下，用麻筋缝的筐盖。——新下的果子，不怕压，它很结实，压不坏。倒怕是装不紧，咣里咣当的。那，来回一晃悠，全得烂！

葡萄装上车，走了。

去吧，葡萄，让人们吃去吧！

九月的果园像一个生过孩子的少妇，宁静、幸福，而慵懒。

我们还要给葡萄喷一次波尔多液。哦，下了果子，就不管了？人，总不能这样无情无义吧。

十月，我们有别的农活。我们要去割稻子。葡萄，你愿意怎么长，就怎么长着吧。

十一月，葡萄下架。

把葡萄架拆下来。检查一下，还能再用的，搁在一边。糟朽了的，只好烧火。立柱、横梁、小棍，分别堆垛起来。

剪葡萄条。干脆得很，除了老条，一概剪光。葡萄又成了一个大秃子。

剪下的葡萄条,挑有三个芽眼的,剪成二尺多长的一截,捆起来,放在屋里,准备明春插条。

其余的,连枝带叶,都用竹笤帚扫成一堆,装走了。

葡萄园光秃秃。

十一月下旬,十二月上旬,葡萄入窖。

这是个重活。把老本放倒,挖土把它埋起来。要埋得很厚实。外面要用铁锹拍平。这个活不能马虎。都要经过验收,才给记工。

葡萄窖,一个一个长方形的土墩墩。一行一行,整整齐齐地排列着。风一吹,土色发了白。

这真是一年的冬景了。热热闹闹的果园,现在什么颜色都没有了。眼界空阔,一览无余,只剩下发白的黄土。

下雪了。我们踏着碎玻璃碴似的雪,检查葡萄窖,扛着铁锹。

一到冬天,要检查几次。不是怕别的,怕老鼠打了洞。葡萄窖里很暖和,老鼠爱往这里面钻。它倒是暖和了,咱们的葡萄可就受了冷啦!

紫　薇

汪曾祺

唐朝人也不是都能认得紫薇花的。《韵语阳秋》卷第十六："白乐天诗多说别花，如《紫薇花诗》云'除却微之见应爱，世间少有别花人'……今好事之家，有奇花多矣，所谓别花人，未之见也。鲍溶作《仙檀花诗》寄袁德师侍御，有'欲求御史更分别'之句，岂谓是邪？"这里所说的"别"是分辨的意思。白居易是能"别"紫薇花的，他写过至少三首关于紫薇的诗。

《韵语阳秋》云：

"白乐天作中书舍人,入直西省,对紫薇花而有咏曰:'丝编阁下文章静,钟鼓楼中刻漏长。独坐黄昏谁是伴,紫薇花对紫薇郎。'后又云:'紫薇花对紫薇翁,名目虽同貌不同,则此花之珍艳可知矣。'爪其本则枝叶俱动,俗谓之'不耐痒花'。自五月至九月尚烂熳,俗又谓之'百日红'。唐人赋咏,未有及此二事者。本朝梅圣俞时注意此花。一诗赠韩子华,则曰'薄肤痒不胜轻爪,嫩干生宜近禁庐';一诗赠王景彝,则曰:'薄薄嫩肤搔鸟爪,离离碎叶剪城霞',然皆著不耐痒事,而未有及百日红者。胡文恭在西掖前亦有三诗,其一云:'雅当翻药地,繁极曝衣天',注云'花至七夕犹繁',似有百日红之意,可见当时生花之盛。省吏相传,咸平中,李昌武自别墅移植于此。晏元献尝作赋题于省中,所谓'得自羊墅,来从召园,有昔日之绎老,无当时之仲文'是也。"

对于年轻的读者,需要作一点解释,"紫薇花对紫薇郎"是什么意思。紫薇郎亦作紫微郎,唐代官名,即中书侍郎。《新唐书·百官志二》注"开元元年,改中书省曰紫薇省,中书令日紫薇令。"白居易曾为中书侍郎，故自称紫薇郎。中书侍郎是要到宫里值班的，独自坐在办公室里，不免有些寂寞，但是这也不是一般人所能谋得到的差事，诗里又透出几分得意。"紫薇花对紫薇郎"，使人觉得有点罗曼蒂克，其实没有。不过你要是有一点罗曼蒂克的联想，也可以。石涛和尚画过一幅紫薇花，题的就是白居易的这首诗。紫薇颜色很娇，画面很美，更易使人产生这是一首情诗的错觉。

从《韵语阳秋》的记载，我们可以知道两件事。一是"爪其本则枝叶俱动"。紫薇的树干的外皮易脱落，露出里面的"嫩肤"，嫩肤上留下外皮脱落后留下的一片一片的青色和白色的云斑。用指甲搔搔树干的嫩肤，确实是会枝叶俱动的。宋朝人叫它"不耐痒花"，现在很多地方叫它"怕痒痒树"或"痒痒树"。这到底是什么道理，好像没有人解释过。二是花期甚长。这是夏天的花。胡文恭说它"繁极曝衣天"，白居易说它"独占芳菲当夏景，不将颜色托春风"。但是它"花至七夕犹繁"。我甚至在飘着小雪的天气，还看见一棵紫薇花依然开着仅有的一穗红花！

我家的后园有一棵紫薇。这棵紫薇有年头了，主干有茶杯口粗，高过屋檐。一到放暑假，它开起花来，真是"繁"得不得了。紫薇花是六瓣的，但是花瓣皱缩，瓣边还有很多不规则的缺刻，所以根本分不清它是几瓣，只是碎碎叨叨的一球，当中还射出许多花须、花蕊。一个枝子上有很多朵花。一棵树上有数不清的枝子。真是乱。乱红成阵。乱成一团。简直像一群幼儿园的孩子放开了又高又脆的小嗓子一起乱嚷嚷。在乱哄哄的繁花之间还有很多赶来凑热闹的黑蜂。这种蜂不是普通的蜜蜂，个儿很大，有指头顶那样大，黑的，就是齐白石爱画的那种。我到现在还叫不出这是什么蜂。这种大黑蜂分量很重。它一落在一朵花上，抱住了花须，这一穗花就叫它压得沉了下来。它起翅飞去，花穗才挣回原处，还得哆嗦两下。

大黑蜂不像马蜂那样会做窠。它们也不像马蜂一样的群居，是单个生活的。在人家房檐的椽子下面钻一个圆洞，这就是它的家。我常常看见一个大黑蜂飞回来了，一收翅膀，钻进圆洞，就赶紧用一根细细的帐竿竹子捅进圆洞，来回地拧，它就在洞里嗯嗯地叫。我把竹竿一拔，啪的一声，它就掉到了地上。我赶紧把它捉起来，放进一个玻璃瓶里，盖上盖——瓶盖上用洋钉凿了几个窟窿。瓶子里塞了好些紫薇花。大黑蜂没有受伤，它只是摔晕过去了。过了一会儿，它缓醒过来了，就在花瓣之间乱爬。大黑蜂生命力很强，能活几天。我老幻想它能在瓶里待熟了，放它出去，它再飞回来。可是不知什么时候，它仰面朝天，死了。

紫薇原产于中国中部和南部。白居易诗云"浔阳官舍双高树，兴善僧庭一大丛。何似苏州安置处，花堂栏下月明中"，这些都是偏南的地方。但是北方很早就有了，如长安。北京过去也有，但很少（北京人多不识紫薇）。近年北京大量种植，到处都是。街心花园几乎都有。选择这种花木来美化城市环境是很有道理的，因为它花繁盛，颜色多（多为胭脂红，也有紫色和白色的），花期长。但是似乎生长得很慢。密云水库大坝下的通道两侧，隔不远就有一棵紫薇。我每年夏天要到密云开一次会，年年到坝下散步，都看到这些紫薇。看了四年，它们好像还是那样大。

比起北京雨后春笋一样耸立起来的高楼，北京的花木的生长就显得更慢。因此，对花木要倍加爱惜。

一九八七年二月廿一日

看 花

朱自清

生长在大江北岸一个城市里,那儿的园林本是著名的,但近来却很少;似乎自幼就不曾听见过"我们今天看花去"一类话,可见花事是不盛的。有些爱花的人,大都只是将花栽在盆里,一盆盆搁在架上;架子横放在院子里。院子照例是小小的,只够放下一个架子;架上至多搁二十多盆花罢了。有时院子里依墙筑起一座"花台",台上种一株开花的树;也有在院子里地上种的。但这只是普通的点缀,不算是爱花。

家里人似乎都不甚爱花;父亲只在领我们上

街时，偶然和我们到"花房"里去过一两回。但我们住过一所房子，有一座小花园，是房东家的。那里有树，有花架（大约是紫藤花架之类），但我当时还小，不知道那些花木的名字，只记得爬在墙上的是蔷薇而已。园中还有一座太湖石堆成的洞门。现在想来，似乎也还好的。在那时由一个顽皮的少年仆人领了我去，却只知道跑来跑去捉蝴蝶；有时掐下几朵花，也只是随意揉弄着，随意丢弃了。至于领略花的趣味，那是以后的事：夏天的早晨，我们那地方有乡下的姑娘在各处街巷，沿门叫着"卖栀子花来"。栀子花不是什么高品，但我喜欢那白而晕黄的颜色和那肥肥的个儿，正和那些卖花的姑娘有着相似的韵味。栀子花的香，浓而不烈，清而不淡，也是我乐意的。我这样便爱起花来了。也许有人会问："你爱的不是花吧？"这个我自己其实也已不大弄得清楚，只好存而不论了。

在高小的一个春天，有人提议到城外F寺里吃桃子去，而且预备白吃；不让吃就闹一场，甚至打一架也不在乎。那时虽远在五四运动以前，但我们那里的中学生却常有打进戏园看白戏的事。中学生能白看戏，小学生为什么不能白吃桃子呢？我们都这样想，便由那提议人纠合了十几个同学，浩浩荡荡地向城外而去。到了F寺，气势不凡地呵斥着道人们（我们称寺里的工人为道人），立刻领我们向桃园里去。道人们踌躇着说："现在桃树刚才开花呢。"但是谁信道人们的话？我们终于到了桃园里。大家都丧了气，原来花是真开着呢！这时提议人P君便去折花。道人们是一直步步跟着的，立刻上前劝阻，而且用起手来。但P君是我们中最不好惹的。"说时迟，那时快"，一眨眼，花在他的手里，道人已踉跄在一旁了。那一园子的桃花，想来总该有些可看；我们却谁也没有想着去看。只嚷着："没有桃子，得沏茶喝！"道人们满肚子委屈地引我们到"方丈"里，大家各喝一大杯茶。这才平了气，谈谈笑笑地进城去。大概我那时还只懂得爱一朵朵的栀子花，对于开在树上的桃花，是并不了然的。所以眼前的机会，便从眼前错过了。

　　以后渐渐念了些看花的诗，觉得看花颇有些意思。但到北平读了几年书，却只到过崇效寺一次；而去得又嫌早些，那有名的一株绿牡丹还未开呢。北平看花的事很盛，看花的地方也很多；但那时热闹的似乎也只有一班诗人名士，其余还是不相干的。那正是新文学运动的起头，我们这些少年，对于旧诗和那一班诗人名士，实在有些不敬；而看花的地方又都远不可言，我是一个懒人，便干脆地断了那条心了。后来到杭州做事，遇见了Y君，他是新诗人兼旧诗人，看花的兴致很好。我和他常到孤山去看梅花。孤山的梅花是古今有名的，但太少；又没有临水的，人也太多。有一回坐在放鹤亭上喝茶，来了一个方面有须、穿着花缎马褂的人，用湖南口音和人打招呼道："梅花盛开嗒！""盛"字说得特别重，使我吃了一惊；但我吃惊的也只是说在他嘴里"盛"这个声音罢了，花的盛不盛，在我倒并没有什么的。

有一回，Y君来说，灵峰寺有三百株梅花。寺在山里，去的人也少。我和Y，还有N君，从西湖边雇船到岳坟，从岳坟入山。曲曲折折走了好一会，又上了许多石级，才到山上寺里。寺甚小，梅花便在大殿西边园中。园也不大，东墙下有三间净室，最宜喝茶看花；北边有座小山，山上有亭，大约叫"望海亭"吧，望海是未必，但钱塘江与西湖是看得见的。梅树确是不少，密密地低低地整列着。那时已是黄昏，寺里只我们三个游人；梅花并没有开，但那珍珠似的繁星似的骨都儿，已经够可爱了；我们都觉得比孤山上盛开时有味。大殿上正做晚课，送来梵呗的声音，和着梅林中的暗香，真叫我们舍不得回去。在园里徘徊了一会，又在屋里坐了一会，天是黑定了，又没有月色，我们向庙里要了一个旧灯笼，照着下山。路上几乎迷了道，又两次三番地狗咬。我们的Y诗人确有些窘了，但终于到了岳坟。船夫远远迎上来道："你们来了，我想你们不会冤我呢！"在船上，我们还不离口地说着灵峰的梅花，直到湖边电灯光照到我们的眼。

Y君回北平去了，我也到了白马湖。那边是乡下，只有沿湖与杨柳相间着种了一行小桃树，春天花发时，在风里娇媚地笑着。还有山里的杜鹃花也不少。这些日日在我们眼前，从没有人像煞有介事地提议："我们看花去。"但有一位S君，却特别爱养花。他家里几乎是终年不离花的。我们上他家去，总看他在那里不是拿着剪刀修理枝叶，便是提着壶浇水。我们常乐意看着。他院子里一株紫薇花很好，我们在花旁喝酒，不知多少次。白马湖住了不过一年，我却传染了他那爱花的嗜好。但重到北平时，住在花事很盛的清华园里，接连过了三个春，却从未想到去看一回。只在第二年秋天，曾经和孙三先生在园里看过几次菊花。"清华园之菊"是著名的，孙三先生还特地写了一篇文，画了好些画。但那种一盆一干一花的养法，花是好了，总觉没有天然的风趣。直到去年春天，有了些余闲，在花开前，先向人问了些花的名字。一个好朋友是从知道姓名起的，我想看花也正是如此。恰好Y君也常来园中，我们一天三四趟地到那些花下去徘徊。今年Y君忙些，我便一个人去。我爱繁花老干的杏，临风婀娜的小红桃，贴梗累累如珠的紫荆，但最恋恋的是西府海棠。海棠的花繁得好，也淡得好；艳极了，却没有一丝荡意。疏疏的高干子，英气隐隐逼人。可惜没有趁着月色看过。王鹏运有两句词道："只愁淡月朦胧影，难验微波上下潮。"我想月下的海棠花，大约便是这种光景吧。为了海棠，前两天在城里特地冒了大风到中山公园去，看花的人倒也不少，但不知怎的，却忘了畿辅先哲祠。Y君告我那里的一株，遮住了大半个院子；别处的都向上长，这一株却是横里伸张的。花的繁没有法说。海棠本无香，昔人常以为恨，这里花太繁了，却酝酿出一种淡淡的香气，使人久闻不倦。Y君告我，正是刮了一日还不息的狂风的晚上；他是前一天去的。他说他去时地上已有落花了，这一日一夜的风，准完了。他说北平看花，是要赶着看的：春光太短了，又晴的日子多；今年算是有阴的日子了，但狂风还是逃不了的。我说北平看花，比别处有意思，也正在此。这时候，我似乎不甚菲薄那一班诗人名士了。

一九三〇年四月

花　潮

李广田

昆明有个圆通寺。寺后就是圆通山。从前是一座荒山，现在是一个公园，就叫圆通公园。

公园在山上，有亭，有台，有池，有榭，有花，有树，有鸟，有兽。

后山沿路，有一大片海棠，平时枯枝瘦叶，并不惹人注意，一到三四月间，真是花团锦簇，变成一个花世界。

这几天，天气特别好，花开得也正好，看花的人也就最多。"紫陌红尘拂面来，无人不道看花回。"办公室里，餐厅里，晚会上，道路上，经常听到有人问答:"你去看海棠没有?""我去过了。"或者说:"我正想去。"到了星期天,道路相逢,多争说圆通山海棠消息。一时之间,几乎形成一种空气,甚至是一种压力,一种诱惑,如果谁没有到圆通山看花,就好像是一大憾事,不得不挤点时间,去凑个热闹。

星期天,我们也去看花。不错,一路同去看花的人可多着哩。进了公园门,步步登山,接踵摩肩,人就更多了。向高处看,隔着密密层层的绿荫,只见一片红云,望不到边际,真是:"寺门尚远花光来,漫天锦绣连云开。"这时候,什么苍松呵,翠柏呵,碧梧呵,修竹呵……都挽不住游人。大家都一口气攀到最高峰,淹没在海棠花的红海里。后山一条大路,两旁,四周,都是海棠。人们坐在花下,走在路上,既望不见花外的青天,也看不见花外还有别的世界。花开得正盛,来早了,还未开好;来晚了,已经开败。"千朵万朵压枝低",每棵树都炫耀自己的鼎盛时代,每一朵花都在微风中枝头上颤抖着说出自己的喜悦。"喷去吹雾花无数,一条锦绣游人路",是的,是一条花巷,一条花街,上天下地都是花,可谓花天花地。可是,这些说法都不行,都不足以说出花的动态。"四厢花影怒于潮","四山花影下如潮",还是"花潮"好。古人写诗真有他的，善于说出要害，说出花的气势。你不要乱跑，静下来，你看那一望无际的花，"如钱塘潮夜澎湃"，有风，花在动，无风，花也潮水一般地动。在阳光照射下，每一个花瓣都有它自己的阴影，就仿佛多少波浪在大海上翻腾，你越看得出神，你就越感到这一片花潮正在向天空向四面八方伸张，好像有一种生命力在不断扩展。而且，你可以听到潮水的声音，谁知道呢，也许是花下的人语声，也许是花丛中蜜蜂嗡嗡声，也许什么地方有黄莺的歌声，还有什么地方送来看花人的琴声，歌声，笑声……这一切交织在一起，再加上风声、天籁人籁，就如同海上午夜的潮声。大家都是来看花的，可是，这个花到底怎么看法？有人走累了，拣个最好的地方坐下来看。不一会，又感到这个不够好，也许别个地方更好吧，于是站起来，既依依不舍，又满怀向往，慢步移向别处去。多数人都在花下走来走去，这棵树下看看，好，那棵树下看看，也好，伫立在另一棵树下仔细端详一番，更好，看看，想想，再看看，再想想。有人很大方，只是驻足观赏，有人贪心重，伸手牵过一枝花来摇摇，或者干脆翘起鼻子一嗅，再嗅，甚至三嗅。"天公斗巧乃如此，令人一步千徘徊。"人们面对这绮丽的风光，真是徒唤奈何了。

　　老头儿们看花，一面看，一面自言自语，或者嘴里低吟着什么。老妈妈看花，扶着拐杖，牵着孙孙，很珍惜地折下一朵，簪在自己的发髻上。青年们穿得整整齐齐、干干净净，好像参加什么盛会，不少人已经穿上雪白的衬衫，有的甚至是绸衬衫，有的甚至已是短袖衬衫，好像夏天已经来到他们身上，东张张，西望望，既看花，又看人，阳气得很。青年妇女们，也都打扮得利利落落，很多人都穿着花衣花裙，好像要与花争妍，也有人擦了点胭脂，抹了点口红，显得很突出，可是，在这花世界里，又叫人感到无所谓了。很自然地想起了龚自珍《西郊落花歌》中说的"如八万四千天女洗脸罢，齐向此地倾胭脂"，真也有点形容过分，反而没有真实感了。小学生们，系着漂亮的红领巾，带着弹弓来了，可是他们并没有射击，即便有鸟，也不射了，被这一片没头没脑的花惊呆了。画家们正调好了颜色对花写生，看花的人又围住了画花的，出神的看画家画花。喜欢照像的人，抱着像机跑来跑去，不知是照花，还是照人，是怕人遮了花，还是怕花遮了人，还是要选一个最好的镜头，使如花的人永远伴着最美的花。有人在花下喝茶，有人在花下弹琴，有人在花下下象棋，有人在花下打桥牌。昆明四季如春，四季有花，可是不管山茶也罢，报春也罢，梅花也罢，杜鹃也罢，都没有海棠这样幸运，有这么多人，这样热热闹闹地来访它,来赏它,这样兴致勃勃地来赶这个开花的季节。还有桃花什么的,目前也还开着,在这附近,就有几树碧桃正开,"猩红鹦绿天人姿,回首夭桃悄失色",显得冷冷落落地待在一旁,并没有谁去理睬。在这圆通山头,可以看西山和滇池,可以看平林和原野,可是这时候,大家都在看花,什么也顾不得了。

看着看着,实在也有点疲乏,找个地方坐下来休息一下吧,哪里没有人?都是人。坐在一群看花人旁边,无意中听人家谈论,猜想他们大概是哪个学校的文学教师。他们正在吟诗谈诗:

一个道:"泪眼问花花不语,乱红飞过秋千去。"

一个说:"这个不好,哪来的这么些眼泪!"

另一个吟道:"一片花飞减却春,风飘万点正愁人。"

又一个说:"还是不好,虽然是诗圣的佳句,也不好。"

一个青年人抢过去说:"'繁枝容易纷纷落,嫩蕊商量细细开',也是杜甫,好不好?"

一个人回答:"好的,好的,思想健康,说的是新陈代谢。"

一个人不等他说完就接上去:"好是好,还不如龚定庵的'落红不是无情物,化作春泥更护花',有辩证观点、乐观精神。"

有一个人一直不说话,人家问他,他说:"天何言哉,四时兴焉,万物生焉,天何言哉,桃李无言,下自成蹊。你们看,海棠并没有说话,可是大家都被吸引来了。"

我也没有说话,想起泰山高处有人在悬崖上刻了四个大字"予欲无言",其实也甚是多事。

回家的路上,还是听到很多人纷纷议论。

有人说:"今年的花,比去年好,去年,比前年好,解放以前,谈不到。"

有人说:"今天看花好,今夜睡梦好,明天工作好。"

有人说:"明天作文课,给学生出题目,有了办法。"

有人说:"最好早晨来看花,迎风带露的花,会更娇更美。"

有人说:"雨天来看花更好,海棠着雨胭脂透,当然不是大雨滂沱,而是斜风细雨。"

有人说:"也许月下来看花更好,将是花气氤氲。"

有人说:"下星期再来看花,再不来就完了。"

有人说:"不怕花落去,明年花更好。"

好一个"明年花更好"。我一面走看,一面听人家说着,自己也默念着这样两句话:

春光似海,
盛世如花。

可贵的山茶花

邓 拓

我生平最喜欢山茶花。前年冬末春初卧病期间，幸亏有一盆盛开的浅红色的"杨妃山茶"摆在床边，朝夕相对，颇慰寂寥。有一个早上，突然发现一朵鲜艳的花儿被碰掉了，心里觉得很可惜。我把她拾起来，放在原来的花枝上，借着周围的花叶把她托住。经过了二十天的时间，她还没有凋谢。这是多么强烈的生命力啊！当时我写了一首小诗，称颂这朵山茶花：

红粉凝霜碧玉丛，淡妆浅笑对东风。

此生愿伴春长在，断骨留魂证苦衷。

她的粉红色花瓣，又嫩又润，恍惚是脂粉凝成的；衬着绿油油的叶子，又厚又有光泽，好像是用碧玉雕成的；一株小树能开许多花朵，前后开花的时间，可以连续两个月。似乎在严寒的季节，她就已经预示了春天的到来，而在东风吹遍大地的时候，她更加不愿离去，即便枝折花落，她仍然不肯凋谢，始终要把她的生命献给美丽的春光。这样坚贞优美的性格，怎能不令人感动啊！

今年春节，我有机会在云南的昆明和大理等地，看到各色各样的山茶花。特别是在大理，不但所有的公共场所都遍栽山茶花，而且许多居民的庭院中也尽是山茶花。在这个古老的小县城里，春节前夕的街头，到处摆满了小摊，出售野生的山茶花。我当时看到这番情景，马上产生一个强烈的印象，觉得这个小巧玲珑的古城，把它叫作"茶花城"，一点也不过分。美丽的山茶花，使这里的山水人物，全都变得那么娇艳可爱了。仰望苍山，俯瞰洱海，听着五朵金花公社的歌声，看着金花银花姐妹们热情的笑脸，人们的生活更显得丰富而美满，如诗如画，永不凋谢，永远繁荣！

这样美丽的山茶花乃是我国西南地区的特产，而以云南、四川为最。明代的王世懋，在他的著作《学圃杂疏》的"花疏"中写道：

> 吾地山茶重宝珠。有一种花大而心繁者，以蜀茶称，然其色类殷红。尝闻人言，滇中绝胜。余官莆中，见士大夫家皆种蜀茶，花数千朵，色鲜红，作密瓣，其大如杯。云：种自林中丞蜀中得来，性特畏寒，又不喜盆栽。余得一株，长七八尺，舁归，植淡园中，作屋幕于隆冬，春时撤去。蕊多辄摘却，仅留二三花，更大绝，为余兄所赏。后当过枝，广传其种，亦花中宝也。

王世懋是江苏太仓人，为明代著名诗人王世贞的弟弟。从他的这一节记载中，我们可以看出，明代嘉靖年间，江苏等地的山茶花，大概都由四川和云南移植过去的。王世懋在书中还介绍了黄山茶、白山茶、红白茶梅、杨妃山茶等许多品种。在他以后，到明代万历年间，王象晋写了一部《群芳谱》，其中对山茶花又做了详细的介绍：

山茶一名曼陀罗，树高者丈余，低者二三尺，枝干交加。叶似木樨，硬有棱，稍厚；中阔寸余，两头尖，长三寸许；面深绿，光滑，背浅绿，经冬不脱。以叶类茶，又可作饮，故得茶名，花有数种，十月开至二月。有鹤顶茶，大如莲，红如血，中心塞满如鹤顶，来自云南，曰滇茶玛瑙茶，红黄白粉为心，大红为盘，产自温州。宝珠茶，千叶攒簇，色深少态。杨妃茶，单叶，花开早，桃红色，焦萼。白似宝珠，宝珠而蕊白，九月开花，清香可爱。正宫粉、赛宫粉，皆粉红色。石榴茶，中有碎花。海榴茶，青蒂而小。菜榴茶、踯躅茶、类山踯躅。真珠茶、串珠茶，粉红色。又有云茶、磐口茶、茉莉茶、一捻红、照殿红。

在这里介绍了许多种山茶花的名目和特点，很有参考价值。但是，他说山茶又叫做曼陀罗，后来其他作者也这么说，这一点我却有另外的解释。曼陀罗显然是梵语的译音，并非我国原有的名称。而山茶花的原产地的确是我们中国，所以介绍她的本名只能用中国原有的名称，而不应该采用外来的名称。

唐代段成式的《酉阳杂俎》，早已肯定了山茶花的名称和基本特征。他说："山茶，叶似茶树，高者丈余，花大盈寸，色如绯，十二月开。"到了宋代，范成大在《桂海虞衡志》中，更把山茶花分为南北两大类，一类是以当时的中原，即所谓中州所产的为代表；另一类则是南山茶，就是我们现在所说的云南四川等地的山茶花。估计自古迄今南北各地山茶花的种类，总在一百种上下。正如明代的李时珍在《本草纲目》中所说的，"山茶之名，不可胜数"。这就好比菊花的名目一样，随着人工栽培技术的不断进步，她们的花色品种也必然会越来越多。李时珍在《本草纲目》中还介绍了山茶花的许多用途和医药价值。这就证明，她不但可供人们欣赏，而且是人们养生祛病的良友啊！

虽然，最珍贵的山茶花品种，目前还只能在南方温暖的地带有繁殖的条件。但是也可以断定，只要培植得法，她同样可以适应北方的气候和土壤，而逐渐繁殖起来，只要条件适宜，山茶花的寿命可以延续很久。据明代隆庆年间冯时可写的《滇中茶花记》所说："茶花最甲海内……寿经三四百年，尚如新植。"看来在我国南北各地，如果经过植物学家和园艺技师的共同研究，完全有可能把昆明、大理等处最好的山茶花品种，普遍移植，绝无问题。这比起在欧洲、美洲各国种植山茶花，条件要好得多了。人们都知道，法国人加梅尔，在十七世纪的时候，曾将中国的山茶花移植到欧洲，后来又移植到美洲。难道我们要在国内其他地区移植还不比他们更容易吗？

但是，无论天南海北的人，每当欣赏山茶花的时候，都不应该忘记她还有一段动人的传说。这是流传在云南白族人民中的一个神话故事。它告诉我们：古代有个魔王，嫉恨人间美满的生活，他用魔法把大地变成一片惨白的世界，不让有红花绿叶留在人间。但是，人们是爱惜自己的美好生活的。一位白族的少女，毅然决然地献出了不朽的青春，献出了宝贵的生命，用自己的鲜血，重新染红了山茶花，用自己的胆汁重新染绿了花叶。从那以后，山茶花才更加娇艳地出现在大地上。

怪不得历来有无数的诗人，写了无数的诗篇，一致赞赏山茶花的高贵品质。

这里应该首先提到宋代苏东坡歌咏山茶花的一首七绝。他写道：

山茶相对阿谁栽？细雨无人我独来。
说似与君君不会，烂红如火雪中开。

宋代另一个著名诗人范成大，也写了许多赞美山茶花的诗，其中有一首绝句是：

折得瑶华付与谁？人间铅粉弄妆迟。
直须远寄骖鸾客，鬓脚飘飘可一枝！

特别应该记住，爱国诗人陆放翁，因为看到花园里有"山茶一树，自冬至清明后，著花不已"，曾经写了两首绝句，大加赞扬：

东园三日雨兼风，桃李飘零扫地空。
惟有山茶偏耐久，绿丛又放数枝红。
雪里开花到春晚，世间耐久孰如君？
凭栏叹息无人会，三十年前宴海云。

在宋代的诗人中，就连曾子固素来被认为不会写诗的人，也都写过几首诗，尽情歌唱山茶花的秀艳和高尚的性格。曾子固的诗中有些句子也很动人。比如，他说："为怜劲意似松柏，欲攀更惜长依依。"他把山茶花和松柏相比，可算得估价极高了。

后来元、明、清各个朝代都有许多著名的诗人和画家，用他们的笔墨和丹青，尽情地描绘这美丽的山茶花。如今，我们生活在东风吹遍大地的新时代，我们要让人民过着日益美满幸福的生活，我们对于如此美丽而高贵的山茶花，怎么能不加倍地珍爱呢！

茶花赋

杨　朔

久在异国他乡，有时难免要怀念祖国的。怀念极了，我也曾想：要能画一幅画儿，画出祖国的面貌特色，时刻挂在眼前，有多好。我把这心思去跟一位擅长丹青的同志商量，求她画，她说："这可是个难题，画什么呢？画点零山碎水，一人一物，都不行。再说，颜色也难调，你就是调尽五颜六色，又怎么画得出祖国的面貌？"我想了想，也是，就搁下这桩心思。

今年二月，我从海外回来，一脚踏进昆明，心都醉了。我是北方人，论季节，北方也许正是搅天风雪、水瘦山寒，云南的春天却脚步儿勤，来得快，到处早像催生婆似的正在催动花事。

花事最盛的去处数着西山华庭寺。不到寺门，远远就闻见一股细细的清香，直渗进人的心肺。这是梅花，有红梅、白梅、绿梅，还有朱砂梅，一树一树的，每一树梅花都是一树诗。白玉兰花略微有点儿残，娇黄的迎春却正当时，那一片春色啊，比起滇池的水来不知还要深多少倍。

究其实这还不是最深的春色。且请看那一树，齐着华庭寺的廊檐一般高，油光碧绿的树叶中间托出千百朵重瓣的大花，那样红艳，每朵花都像一团烧得正旺的火焰。这就是有名的茶花。不见茶花，你是不容易懂得"春深似海"这句诗的妙处的。

想看茶花，正是好时候。我游过华庭寺，又冒着星星点点细雨游了一次黑龙潭，这都是看茶花的名胜地方。原以为茶花一定很少见，不想在游历当中，时时望见竹篱茅屋旁边会闪出一枝猩红的花来。听朋友说："这不算稀奇。要是在大理，差不多家家户户都养茶花。花期一到，各样品种的花儿争奇斗艳，那才美呢。"

我不觉对着茶花沉吟起来。茶花是美啊。凡是生活中美的事物都是劳动创造的。是谁白天黑夜，积年累月，拿自己的汗水浇着花，像抚育自己儿女一样抚育着花秧，终于培养出这样绝色的好花？应该感谢那为我们美化生活的人。

普之仁就是这样一位能工巧匠，我在翠湖边上会到他。翠湖的茶花多，开得也好，红彤彤的一大片，简直就是那一段彩云落到湖岸上。普之仁领我穿着茶花走，指点着告诉我这叫大玛瑙，那叫雪狮子；这是蝶翅，那是大紫袍……名目花色多得很。后来他攀着一棵茶树的小干枝说："这叫童子面，花期迟，刚打骨朵，开起来颜色深红，倒是最好看的。"

我就问："古语说：看花容易栽花难——栽培茶花一定也很难吧？"

普之仁答道："不很难，也不容易。茶花这东西有点特性，水壤气候，事事都得细心。又怕风、又怕晒，最喜欢半阴半阳，顶讨厌的是虫子。有一种钻心虫，钻进一条去，花就死了。一年四季不知得操多少心呢。"

我又问道："一棵茶花活不长吧？"

普之仁说："活得可长啦。华庭寺有棵松子鳞，是明朝的，五百多年了，一开花，能开一千多朵。"

我不觉噢了一声：想不到华庭寺见的那棵茶花来历这样大。

普之仁误会我的意思，赶紧说："你不信么？大理地面还有一棵更老的呢，听老人讲，上千年了，开起花来，满树数不清数，都叫万朵茶。树杆子那样粗，几个人都搂不过来。"说着他伸出两臂，做个搂抱的姿势。

我热切地望着他的手，那双手满是茧子，沾着新鲜的泥土。我又望着他的脸，他的眼角刻着很深的皱纹，不必多问他的身世，猜得出他是个曾经忧患的中年人。如果他离开你，走进人丛里去，立刻便消逝了，再也不容易寻到他——他就是这样一个极其普通的劳动者。然而正是这样的人，整月整年，劳心劳力，拿出全部精力培植着花木，美化我们的生活。美就是这样创造出来的。

正在这时，恰巧有一群小孩也来看茶花，一个个仰着鲜红的小脸，甜蜜蜜地笑着，叽叽喳喳叫个不休。

我说："童子面茶花开了。"

普之仁愣了愣，立时省悟过来，笑着说："真的呢，再没有比这种童子面更好看的茶花了。"

一个念头忽然跳进我的脑子，我得到一幅画的构思。如果用最浓最艳的朱红，画一大朵含露乍开的童子面茶花，岂不正可以象征着祖国的面貌？我把这个简单的构思记下来，寄给远在国外的那位丹青能手,也许她肯再斟酌一番,为我画一幅画儿吧。

一九六一年

三

听一场雪落，等一阵风来

春

朱自清

　　盼望着，盼望着，东风来了，春天的脚步近了。

　　一切都像刚睡醒的样子，欣欣然张开了眼。山朗润起来了，水涨起来了，太阳的脸红起来了。

　　小草偷偷地从土里钻出来，嫩嫩的，绿绿的。园子里，田野里，瞧去，一大片一大片满是的。坐着，躺着，打两个滚，踢几脚球，赛几趟跑，捉几回迷藏。风轻悄悄的，草软绵绵的。

　　桃树、杏树、梨树，你不让我，我不让你，都开满了花赶趟儿。红的像火，粉的像霞，白的像雪。花里带着甜味儿，闭了眼，树上仿佛已经满是桃儿、杏儿、梨儿！花下成千成百的蜜蜂嗡嗡地闹着，大小的蝴蝶飞来飞去。野花遍地是：杂样儿，有名字的，没名字的，散在草丛里像眼睛，像星星，还眨呀眨的。

"吹面不寒杨柳风"，不错的，像母亲的手抚摸着你。风里带来些新翻的泥土气息，混着青草味儿，还有各种花的香都在微微润湿的空气里酝酿。鸟儿将窠巢安在繁花嫩叶当中，高兴起来了，呼朋引伴地卖弄清脆的喉咙，唱出宛转的曲子，与轻风流水应和着。牛背上牧童的短笛，这时候也成天嘹亮地响。

雨是最寻常的，一下就是两三天。可别恼。看，像牛毛，像花针，像细丝，密密地斜织着，人家屋顶上全笼着一层薄烟。树叶子却绿得发亮，小草儿也青得逼你的眼。傍晚时候，上灯了，一点点黄晕的光，烘托出一片安静而和平的夜。乡下去，小路上，石桥边，有撑起伞慢慢走着的人；还有地里工作的农夫，披着蓑，戴着笠。他们的房屋，稀稀疏疏的，在雨里静默着。

天上风筝渐渐多了，地上孩子也多了。城里乡下，家家户户，老老小小，也赶趟儿似的，一个个都出来了。舒活舒活筋骨，抖擞抖擞精神，各做各的一份事去。"一年之计在于春"，刚起头儿，有的是工夫，有的是希望。

春天像刚落地的娃娃，从头到脚都是新的，它生长着。

春天像小姑娘，花枝招展的，笑着，走着。

春天像健壮的青年，有铁一般的胳膊和腰脚，领着我们上前去。

一九三三年七月

春 雨

梁遇春

整天的春雨，接着是整天的春阴，这真是世上最愉快的事情了。我向来厌恶晴朗的日子，尤其是骄阳的春天；在这个悲惨的地球上忽然来了这么一个欣欢的气象，简直像无聊赖的主人宴饮生客时拿出来的那副古怪笑脸，完全显出宇宙里的白痴成分。在所谓大好的春光之下，人们都到公园大街或者名胜地方去招摇过市，像猩猩那样嘻嘻笑着，真是得意忘形，弄到变成为四不像了。可是阴霾四布或者急雨滂沱的时候，就是最沾沾自喜的财主也会感到苦闷，因此也略带了一些人的气味，不像好天气时候那样望着阳光，盛气凌人地大踏步走着，颇有上帝在上，我得其所的意思。至于懂得人世哀怨的人们，黯淡的日子可说是他们唯一光荣的时光。穹苍替他们流泪，乌云替他们皱眉，他们觉到四围都是同情的空气，仿佛一个堕落的女子躺在母亲怀中，看见慈母一滴滴的热泪溅到自己的泪痕，真是润遍了枯萎的心田。斗室中默坐着，忆念十载相违的密友，已经走去的情人，想起生平种种的坎坷，一身经历的苦楚，倾听窗外檐前凄清的滴沥，仰观波涛浪涌，似无止期的雨云，这时一切的荆棘都化作洁净的白莲花了，好比中古时代那班圣者被残杀后所显的神迹。"最难风雨故人来"，阴森森的天气使我们更感到人世温情的可爱，替从苦雨凄风中来的朋友倒上一杯热茶时候，我们很有放下屠刀，立地成佛子的心境。"风雨如晦，鸡鸣不已。"人类真是只有从悲哀里滚出来才能得到解脱，千锤百炼，腰间才有这一把明晃晃的钢刀，"今日把似君，谁为不平事。""山雨欲来风满楼"，这很可以象征我们孑立人间，尝尽辛酸，远望来日大难的气概，真好像思乡的客子拍着栏杆，看到郭外的牛羊，想起故里的田园，怀念着宿草新坟里当年的竹马之交，泪眼里仿佛模糊辨出龙钟的父老蹒跚走着，或者只瞧见几根靠在破壁上的拐杖的影子。所谓生活术恐怕就在于怎么样当这么一个临风的征人吧。无论是风雨横来，无论是澄江一练，始终好像惦记着一个花一般的家乡，那可说就是生平理想的结晶，蕴在心头的诗情，也就是明哲保身的最后壁垒了；可是同时还能够认清眼底的江山，把住自己的步骤，不管这个异地的人们是多么残酷，不管这个他乡的水土是多么不惯，却能够清瘦地站着，戛戛然好似狂风中的老树。能够忍受，却没有麻木，能够多情，却不流于感伤，仿佛楼前的春雨，悄悄下着，遮着耀目的阳光，却滋润了百草同千花。檐前的燕子躲在巢中，对着如丝如梦的细雨呢喃，真有点像也向我道出此中的消息。

可是春雨有时也凶猛得可以，风驰电掣，从高山倾泻下来似的，万紫千红，都付诸流水，看起来好像是煞风景的，也许是别有怀抱吧。生平性急，一二知交常常焦急万分地苦口劝我，可是暗室扪心，自信绝不是追逐事功的人，不过对于纷纷扰扰的劳生却常感到厌倦，所谓性急无非是疲累的反响吧。有时我却极有耐心，好像废殿上的玻璃瓦，一任他风吹雨打，霜蚀日晒，总是那样子痴痴地望着空旷的青天。我又好像能够在没字碑面前坐下，慢慢地去冥想这块石板的深意，简直是个蒲团已碎，呆然趺坐着的老僧，想赶快将世事了结，可以抽身到紫竹林中去逍遥,跟把世事撇在一边,大隐隐于市,就站在热闹场中来仰观天上的白云,这两种心境原来是不相矛盾的。我虽然还没有,而且绝不会跳出人海的波澜,但是拳拳之意自己也略知一二,大概摆动于焦躁与倦怠之间,总以无可奈何天为中心罢。所以我虽然爱蒙蒙茸茸的细雨,我也爱大刀阔斧的急雨,纷至沓来,洗去阳光,同时也洗去云雾,使我们想起也许此后永无风恬日美的光阴了,也许老是一阵一阵的暴雨,将人世哀乐的踪迹都漂到大海里去,白浪一翻,什么渣滓也看不出了。焦躁同倦怠的心境在此都得到涅槃的妙悟,整个世界就像客走后撤下筵席,洗得顶干净排在厨房架子上的杯盘。当个主妇的创造主看着大概也会微笑吧,觉得一天的工作总算告终了。最少我常常臆想这个还了本来面目的大地。

可是最妙的境界恐怕是尺牍里面那句滥调,所谓"春雨缠绵"吧。一连下了十几天的梅雨,好像再也不会晴了,可是时时刻刻都有晴朗的可能。有时天上现出一大片的澄蓝,雨脚也慢慢收束了,忽然间又重新点滴凄清起来,那种捉摸不到,万分别扭的神情真可以做这个哑谜一般的人生的象征。记得十几年前每当连朝春雨的时候,常常剪纸做和尚形状,把他倒贴在水缸旁边,意思是叫老天不要再下雨了,虽然看到院子里雨脚下一粒一粒新生的水泡我总觉到无限的欣欢，尤其当急急走过檐前，脖子上溅几滴雨水的时候。可是那时我对于春雨的情趣是不知不觉之间领略到的，并没有凝神去寻找，等到知道怎么样去欣赏恬恬的雨声的时候，我却老在干燥的此地做客，单是夏天回去，看看无聊的骤雨，过一过雨瘾罢了。因此"小楼一夜听春雨"的快乐当面错过，从我指尖上滑走了。盛年时候好梦无多，到现在彩云已散，一片白茫茫，生活不着边际，如堕五里雾中，对于春雨的怅惘只好算做内中的一小节吧，可是仿佛这一点很可以代表我整个的悲哀情绪。但是我始终喜欢冥想春雨，也许因为我对于自己的愁绪很有顾惜爱抚的意思；我常常把陶诗改过来，向自己说道："衣沾不足惜，但愿恨无违。"我会爱凝恨也似的缠绵春雨，大概也因为自己有这种的心境吧。

春　风

老　舍

　　济南与青岛是多么不相同的地方呢！一个设若比作穿肥袖马褂的老先生，那一个便应当是摩登的少女。可是这两处不无相似之点。拿气候说吧，济南的夏天可以热死人，而青岛是有名的避暑所在；冬天，济南也比青岛冷。但是，两地的春秋颇有点相同。济南到春天多风，青岛也是这样；济南的秋天是长而晴美，青岛亦然。

　　对于秋天，我不知应爱哪里的：济南的秋是在山上，青岛的是海边。济南是抱在小山里的；到了秋天，小山上的草色在黄绿之间，松是绿的，别的树叶差不多都是红与黄的。就是那没树木的山上，也增多了颜色——日影、草色、石层，三者能配合出种种的条纹，种种的影色。配上那光暖的蓝空，我觉到一种舒适安全，只想在山坡上似睡非睡的躺着，躺到永远。青岛的山——虽然怪秀美——不能与海相抗，秋海的波还是春样的绿，可是被清凉的蓝空给开拓出老远，平日看不见的小岛清楚的点在帆外。这远到天边的绿水使我不愿思想而不得不思想；一种无目的的思虑，要思虑而心中反倒空虚了些。济南的秋给我安全之感，青岛的秋引起我甜美的悲哀。我不知应当爱哪个。

两地的春可都被风给吹毁了。所谓春风，似乎应当温柔，轻吻着柳枝，微微吹皱了水面，偷偷的传送花香，同情的轻轻掀起禽鸟的羽毛。济南与青岛的春风都太粗猛。济南的风每每在丁香海棠开花的时候把天刮黄，什么也看不见，连花都埋在黄暗中，青岛的风少一些沙土，可是狡猾，在已很暖的时节忽然来一阵或一天的冷风，把一切都送回冬天去，棉衣不敢脱，花儿不敢开，海边翻着愁浪。

两地的风都有时候整天整夜的刮。春夜的微风送来雁叫，使人似乎多些希望。整夜的大风，门响窗户动，使人不英雄的把头埋在被子里；即使无害，也似乎不应该如此。对于我，特别觉得难堪。我生在北方,听惯了风,可也最怕风。听是听惯了,因为听惯才知道那个难受劲儿。它老使我坐卧不安,心中游游摸摸的,干什么不好,不干什么也不好。它常常打断我的希望:听见风响,我懒得出门,觉得寒冷,心中渺茫。春天仿佛应当有生气,应当有花草,这样的野风几乎是不可原谅的!我倒不是个弱不禁风的人,虽然身体不很足壮。我能受苦,只是受不住风。别种的苦处,多少是在一个地方,多少有个原因,多少可以设法减除;对风是干没办法。总不在一个地方,到处随时使我的脑子晃动,像怒海上的船。它使我说不出为什么苦痛,而且没法子避免。它自由地刮,我死受着苦。我不能和风去讲理或吵架。单单在春天刮这样的风!可是跟谁讲理去呢?苏杭的春天应当没有这不得人心的风吧?我不准知道,而希望如此。好有个地方去"避风"呀!

原载一九三五年三月二十四日《益世报》

济南的秋天

老 舍

济南的秋天是诗境的。设若你的幻想中有个中古的老城，有睡着了的大城楼，有狭窄的古石路，有宽厚的石城墙，环城流着一道清溪，倒映着山影，岸上蹲着红袍绿裤的小妞儿。你的幻想中要是这么个境界，那便是济南。设若你幻想不出——许多人是不会幻想的——请到济南来看看吧。

请你在秋天来。那城，那河，那古路，那山影，是终年给你预备着的。可是，加上济南的秋色，济南由古朴的画境转入静美的诗境中了。这个诗意的秋光秋色是济南独有的。上帝把夏天的艺术赐给瑞士，把春天的赐给西湖，秋和冬的全赐给了济南。秋和冬是不好分开的，秋睡熟了一点便是冬，上帝不愿意把它忽然唤醒，所以作个整人情，连秋带冬全给了济南。

诗的境界中必须有山有水。那么，请看济南吧。那颜色不同，方向不同，高矮不同的山，在秋色中便越发的不同了。以颜色说吧，山腰中的松树是青黑的，加上秋阳的斜射，那片青黑便多出些比灰色深，比黑色浅的颜色，把旁边的黄草盖成一层灰中透黄的阴影。山脚是镶着各色条子的，一层层的，有的黄，有的灰，有的绿，有的似乎是藕荷色儿。山顶上的色儿也随着太阳的转移而不同。山顶的颜色不同还不重要，山腰中的颜色不同才真叫人想作几句诗。山腰中的颜色是永远在那儿变动，特别是在秋天，那阳光能够忽然清凉一会儿，忽然又温暖一会儿，这个变动并不激烈，可是山上的颜色觉得出这个变化，而立刻随着变换。忽然黄色更真了一些，忽然又暗了一些，忽然像有层看不见的薄雾在那儿流动，忽然像有股细风替"自然"调和着彩色，轻轻地抹上一层各色俱全而全是淡美的色道儿。有这样的山，再配上那蓝的天，晴暖的阳光；蓝得像要由蓝变绿了，可又没完全绿了；晴暖得要发躁了，可是有点凉风，正和诗一样的温柔；这便是济南的秋。况且因为颜色的不同，那山的高低也更显然了。高的更高了些，低的更低了些，山的棱角曲线在晴空中更真了，更分明了，更瘦硬了。看山顶上那个塔！

再看水。以量说，以质说，以形式说，哪儿的水能比济南？有泉——到处是泉——有河，有湖，这是由形式上分。不管是泉是河是湖，全是那么清，全是那么甜，哎呀，济南是"自然"的 Sweet heart 吧？大明湖夏日的莲花，城河的绿柳，自然是美好的了。可是看水，是要看秋水的。济南有秋山，又有秋水，这个秋才算个秋，因为秋神是在济南住家的。先不用说别的，只说水中的绿藻吧。那份儿绿色，除了上帝心中的绿色，恐怕没有别的东西能比拟的。这种鲜绿全借着水的清澄显露出来，好像美人借着镜子鉴赏自己的美。是的，这些绿藻是自己享受那水的甜美呢，不是为谁看的。它们知道它们那点绿的心事，它们终年在那儿吻着水皮，做着绿色的香梦。淘气的鸭子，用黄金的脚掌碰它们一两下。浣女的影儿，吻它们的绿叶一两下。只有这个，是它们的香甜的烦恼。羡慕死诗人呀！

在秋天，水和蓝天一样的清凉。天上微微有些白云，水上微微有些波皱。天水之间，全是清明，温暖的空气，带着一点桂花的香味。山影儿也更真了。秋山秋水虚幻的吻着。山儿不动,水儿微响。那中古的老城,带着这片秋色秋声,是济南,是诗。

要知济南的冬日如何,且听下回分解。

江南的冬景

郁达夫

凡在北国过过冬天的人,总都知道围炉煮茗,或吃煊羊肉,剥花生米,饮白干的滋味。而有地炉、暖炕等设备的人家,不管它门外面是雪深几尺,或风大若雷,而躲在屋里过活的两三个月的生活,却是一年之中最有劲的一段蛰居异境;老年人不必说,就是顶喜欢活动的小孩子们,总也是个个在怀恋的,因为当这中间,有的萝卜、雅儿梨等水果的闲食,还有大年夜、正月初一、元宵等热闹的节期。

但在江南,可又不同;冬至过后,大江以南

的树叶，也不至于脱尽。寒风——西北风——间或吹来，至多也不过冷了一日两日。到得灰云扫尽，落叶满街，晨霜白得像黑女脸上的脂粉似的清早，太阳一上屋檐，鸟雀便又在吱叫，泥地里便又放出水蒸气来，老翁小孩就又可以上门前的隙地里去坐着曝背谈天，营屋外的生涯了；这一种江南的冬景，岂不也可爱得很么？

我生长江南，儿时所受的江南冬日的印象，铭刻特深；虽则渐入中年，又爱上了晚秋，以为秋天正是读读书，写写字的人的最惠节季，但对于江南的冬景，总觉得是可以抵得过北方夏夜的一种特殊情调，说得摩登些，便是一种明朗的情调。

我也曾到过闽粤，在那里过冬天，和暖原极和暖，有时候到了阴历的年边，说不定还不得不拿出纱衫来着；走过野人的篱落，更还看得见许多杂七杂八的秋花！一番阵雨雷鸣过后，凉冷一点，至多也只好换上一件夹衣，在闽粤之间，皮袍棉袄是绝对用不着的；这一种极南的气候异状，并不是我所说的江南的冬景，只能叫它作南国的长春，是春或秋的延长。

江南的地质丰腴而润泽，所以含得住热气，养得住植物；因而长江一带，芦花可以到冬至而不败，红叶亦有时候会保持得三个月以上的生命。像钱塘江两岸的乌桕树，则红叶落后，还有雪白的柏子着在枝头,一点一丛,用照相机照将出来,可以乱梅花之真。草色顶多成了赭色,根边总带点绿意,非但野火烧不尽,就是寒风也吹不倒的。若遇到风和日暖的午后,你一个人肯上冬郊去走走,则青天碧落之下,你不但感不到岁时的肃杀,并且还可以饱觉着一种莫名其妙的含蓄在那里的生气;"若是冬天来了,春天也总马上会来"的诗人的名句,只有在江南的山野里,最容易体会得出。

说起了寒郊的散步,实在是江南的冬日,所给予江南居住者的一种特异的恩惠;在北方的冰天雪地里生长的人,是终他的一生,也决不会有享受这一种清福的机会的。我不知道德国的冬天,比起我们江浙来如何,但从许多作家的喜欢以Spaziergang一字来做他们的创造题目的一点看来,大约是德国南部地方,四季的变迁,总也和我们的江南差仿不多。譬如说,十九世纪的那位乡土诗人洛在格(Peter Rosegger, 1843—1918)吧,他用这一个"散步"做题目的文章尤其写得多,而所写的情形,却又是大半可以拿到中国江浙的山区地方来适用的。

江南河港交流,且又地滨大海,湖沼特多,故空气里时含水分;到得冬天,不时也会下着微雨,而这微雨寒村里的冬霖景象,又是一种说不出的悠闲境界。你试想想,秋收过后,河流边三五家人家会聚在一道的一个小村子里，门对长桥，窗临远阜，这中间又多是树枝槎桠的杂木树林；在这一幅冬日农村的图上，再洒上一层细得同粉也似的白雨，加上一层淡得几不成墨的背景，你说还够不够悠闲？若再要点景致进去，则门前可以泊一只乌篷小船，茅屋里可以添几个喧哗的酒客，天垂暮了，还可以加一味红黄，在茅屋窗中画上一圈暗示着灯光的月晕。人到了这一个境界，自然会得胸襟洒脱起来，终至于得失俱亡，死生不问了；我们总该还记得唐朝那位诗人做的"暮雨潇潇江上村"的一首绝句罢？诗人到此，连对绿林豪客都客气起来了，这不是江南冬景的迷人又是什么？

一提到雨，也就必然的要想到雪；"晚来天欲雪，能饮一杯无？"自然是江南日暮的雪景。"寒沙梅影路，微雪酒香村"，则雪月梅的冬宵三友，会合在一道，在调戏酒姑娘了。"柴门村犬吠，风雪夜归人"，是江南雪夜，更深人静后的景况。"前村深雪里，昨夜一枝开"又到了第二天的早晨，和狗一样喜欢弄雪的村童来报告村景了。诗人的诗句，也许不尽是在江南所写，而做这几句诗的诗人，也许不尽是江南人，但假了这几句诗来描写江南的雪景，岂不直截了当，比我这一支愚劣的笔所写的散文更美丽得多？

有几年，在江南也许会没有雨没有雪的过一个冬，到了春间阴历的正月底或二月初再冷一冷下一点春雪的；去年（一九三四）的冬天是如此，今年的冬天恐怕也不得不然，以节气推算起来，大约太冷的日子，将在一九三六年的二月尽头，最多也总不过是七八天的样子。像这样的冬天，乡下人叫作旱冬，对于麦的收成或者好些，但是人口却要受到损伤；旱得久了，白喉、流行性感冒等疾病自然容易上身，可是想恣意享受江南的冬景的人，在这一种冬天，倒只会得感到快活一点，因为晴和的日子多了，上郊外去闲步逍遥的机会自然也多；日本人叫作Hiking，德国人叫作Spaziergang狂者，所最欢迎的也就是这样的冬天。

窗外的天气晴朗得像晚秋一样；晴空的高爽，日光的洋溢，引诱得使你在房间里坐不住，空言不如实践，这一种无聊的杂文，我也不再想写下去了，还是拿起手杖，搁下纸笔，上湖上散散步吧！

一九三五年十二月一日。

北平的四季

郁达夫

对于一个已经化为异物的故人，追怀起来，总要先想到他或她的好处；随后再慢慢地想想，则觉得当时所感到的一切坏处，也会变作很可寻味的一些纪念，在回忆里开花。关于一个曾经住过的旧地，觉得此生再也不会第二次去长住了，身处入了远离的一角，向这方向的云天遥望一下，回想起来的，自然也同样地只是它的好处。

中国的大都会，我前半生住过的地方，原也不在少数；可是当一个人静下来回想起从前，上海的闹热，南京的辽阔，广州的乌烟瘴气，汉口武昌的杂乱无章，甚至于青岛的清幽，福州的秀丽，以及杭州的沉着，总归都还比不上北京——我住在那里的时候，当然还是北京——的典丽堂皇，幽闲清妙。

先说人的分子吧，在当时的北京——民国十一二年前后——上自军财阀政客名优起，中经学者名人，文士美女教育家，下而至于负贩拉车铺小摊的人，都可以谈谈，都有一艺之长，而无憎人之貌；就是由荐头店荐来的老妈子，除上炕者是当然以外，也总是衣冠楚楚，看起来不觉得会令人讨嫌。

其次说到北京物质的供给哩，又是山珍海错，洋广杂货，以及萝卜白菜等本地产品，无一不备，无一不好的地方。所以在北京住上两三年的人，每一遇到要走的时候，总只感到北京的空气太沉闷，灰沙太暗淡，生活太无变化；一鞭走出，出前门便觉胸舒，过芦沟方知天晓，仿佛一出都门，就上了新生活开始的坦道似的；但是一年半载，在北京以外的各地——除了在自己幼年的故乡以外——去一住，谁也会得重想起北京，再希望回去，隐隐地对北京害起剧烈的怀乡病来。这一种经验，原是住过北京的人，个个都有，而在我自己，却感觉得格外的浓，格外的切。最大的原因或许是为了我那长子之骨，现在也还埋在郊外广谊园的坟山，而几位极要好的知己，又是在那里同时毙命的受难者的一群。

北平的人事品物，原是无一不可爱的，就是大家觉得最要不得的北平的天候，和地理联合上一起，在我也觉得是中国各大都会中所寻不出几处来的好地。为叙述的便利起见，想分成四季来约略地说说。

北平自入旧历的十月之后，就是灰沙满地，寒风刺骨的节季了，所以北平的冬天，是一般人所最怕过的日子。但是要想认识一个地方的特异之处，我以为顶好是当这特异处表现得最圆满的时候去领略；故而夏天去热带，寒天去北极，是我一向所持的哲理。北平的冬天，冷虽则比南方要冷得多，但是北方生活的伟大幽闲，也只有在冬季，使人感受得最彻底。

先说房屋的防寒装置吧，北方的住屋，并不同南方的摩登都市一样，用的是钢骨水泥，冷热气管；一般的北方人家，总只是矮矮的一所四合房，四面是很厚的泥墙；上面花厅内都有一张暖炕，一所回廊；廊子上是一带明窗，窗眼里糊着薄纸，薄纸内又装上风门，另外就没有什么了。在这样简陋的房屋之内，你只教把炉子一生，电灯一点，棉门帘一挂上，在屋里住着，却一辈子总是暖炖炖像是春三四月里的样子。尤其会使得你感觉到屋内的温软堪恋的，是屋外窗外面呜呜在叫啸的西北风。天色老是灰沉沉的,路上面也老是灰的围障,而从风尘灰土中下车,一踏进屋里,就觉得一团春气,包围在你的左右四周,使你马上就忘记了屋外的一切寒冬的苦楚。若是喜欢吃吃酒,烧烧羊肉锅的人,那冬天的北方生活,就更加不能够割舍;酒已经是御寒的妙药了,再加上以大蒜与羊肉酱油合煮的香味,简直可以使一室之内,涨满了白蒙蒙的水蒸温气。玻璃窗内,前半夜,会流下一条条的清汗,后半夜就变成了花色奇异的冰纹。

到了下雪的时候哩,景象当然又要一变。早晨从厚棉被里张开眼来,一室的清光,会使你的眼睛眩晕。在阳光照耀之下,雪也一粒一粒地放起光来了,蛰伏得很久的小鸟,在这时候会飞出来觅食振翎,谈天说地,吱吱地叫个不休。数日来的灰暗天空,愁云一扫,忽然变得澄清见底,翳障全无;于是年轻的北方住民,就可以营屋外的生活了,溜冰,做雪人,赶冰车雪车,就在这一种日子里最有劲儿。

我曾于这一种大雪时晴的傍晚,和几位朋友,跨上跛驴,出西直门上骆驼庄去过过一夜。北平郊外的一片大雪地,无数枯树林,以及西山隐隐现现的不少白峰头,和时时吹来的几阵雪样的西北风,所给予人的印象,实在是深刻,伟大,神秘到了不可以言语来形容。直到了十余年后的现在，我一想起当时的情景，还会得打一个寒颤而吐一口清气，如同在钓鱼台溪旁立着的一瞬间一样。

北国的冬宵，更是一个特别适合于看书，写信，追思过去，与作闲谈说废话的绝妙时间。记得当时我们弟兄三人，都住在北京，每到了冬天的晚上，总不远千里地走拢来聚在一道，会谈少年时候在故乡所遇所见的事事物物。小孩们上床去了，佣人们也都去睡觉了，我们弟兄三个，还会得再加一次煤再加一次煤地长谈下去。有几宵因为屋外面风紧天寒之故，到了后半夜的一二点钟的时候，便不约而同地会说出索性坐坐到天亮的话来。像这一种可宝贵的记忆，像这一种最深沉的情调，本来也就是一生中不能够多享受几次的昙花佳境，可是若不是在北平的冬天的夜里，那趣味也一定不会得像如此的悠长。

总而言之，北平的冬季，是想赏识赏识北方异味者之唯一的机会；这一季里的好处，这一季里的琐事杂忆，若要详细地写起来，总也有一部《帝京景物略》那么大的书好做；我只记下了一点点自身的经历，就觉得过长了，下面只能再来略写一点春和夏以及秋季的感怀梦境，聊作我的对这日就沦亡的故国的哀歌。

春与秋，本来是在什么地方都属可爱的时节，但在北平，却与别地方也有点儿两样。北国的春，来得较迟，所以时间也比较得短。西北风停后，积雪渐渐地消了，赶牲口的车夫身上，看不见那件光板老羊皮的大袄的时候，你就得预备着游春的服饰与金钱；因为春来也无信，春去也无踪，眼睛一眨，在北平市内，春光就会得同飞马似的溜过。屋内的炉子，刚拆去不久，说不定你就马上得去叫盖凉棚的才行。

而北方春天的最值得记忆的痕迹，是城厢内外的那一层新绿，同洪水似的新绿。北京城，本来就是一个只见树木不见屋顶的绿色的都会，一踏出九城的门户，四面的黄土坡上，更是杂树丛生的森林地了；在日光里颤抖着的嫩绿的波浪，油光光，亮晶晶，若是神经系统不十分健全的人，骤然间身入到这一个淡绿色的海洋涛浪里去一看，包管你要张不开眼，立不住脚，而昏厥过去。

北平市内外的新绿，琼岛春阴，西山挹翠诸景里的新绿，真是一幅何等奇伟的外光派的妙画！但是这画的框子，或者简直说这画的画布，现在却已经完全掌握在一只满长着黑毛的巨魔的手里了！北望中原，究竟要到哪一日才能够重见得到天日呢？

从地势纬度上讲来，北方的夏天，当然要比南方的夏天来得凉爽。在北平城里过夏，实在是并没有上北戴河或西山去避暑的必要。一天到晚，最热的时候，只有中午到午后三四点钟的几个钟头，晚上太阳一下山，总没有一处不是凉阴阴要穿单衫才能过去的；半夜以后，更是非盖薄棉被不可了。而北平的天然冰的便宜耐久，又是夏天住过北平的人所忘不了的一件恩惠。

我在北平，曾经过过三个夏天；像什刹海，菱角沟，二闸等暑天游耍的地方，当然是都到过的；但是在三伏的当中，不问是白天或是晚上，你只教有一张藤榻，搬到院子里的葡萄架下或藤花荫处去躺着，吃吃冰茶雪藕，听听盲人的鼓词与树上的蝉鸣，也可以一点儿也感不到炎热与熏蒸。而夏天最热的时候，在北平顶多总不过九十四五度，这一种大热的天气，全夏顶多顶多又不过十日的样子。

在北平，春夏秋的三季，是连成一片；一年之中，仿佛只有一段寒冷的时期，和一段比较得温暖的时期相对立。由春到夏，是短短的一瞬间，自夏到秋，也只觉得是过了一次午睡，就有点儿凉冷起来了。因此，北方的秋季也特别的觉得长，而秋天的回味，也更觉得比别处来得浓厚。前两年，因去北戴河回来，我曾在北平过过一个秋，在那时候，已经写过一篇《故都的秋》，对这北平的秋季颂赞过一遍了，所以在这里不想再来重复；可是北平近郊的秋色，实在也正像是一册百读不厌的奇书，使你愈翻愈会感到兴趣。

秋高气爽，风日晴和的早晨，你且骑着一匹驴子，上西山八大处或玉泉山碧云寺去走走看；山上的红柿，远处的烟树人家，郊野里的芦苇黍稷，以及在驴背上驮着生果进城来卖的农户佃家，包管你看一个月也不会看厌。春秋两季，本来是到处好的，但是北方的秋空，看起来似乎更高一点，北方的空气，吸起来似乎更干燥健全一点。而那一种草木摇落，金风肃杀之感，在北方似乎也更觉得要严肃，凄凉，沉静得多。你若不信，你且去西山脚下，农民的家里或古寺的殿前，自阴历八月至十月下旬，去住它三个月看看。古人的"悲哉秋之为气"以及"胡笳互动，牧马悲鸣"的那一种哀感，在南方是不大感觉得到的，但在北平，尤其是在郊外，你真会得感至极而涕零，思千里兮命驾。所以我说，北平的秋，才是真正的秋；南方的秋天，不过是英国话里所说的 Indian Summer 或叫作小春天气而已。

统观北平的四季，每季每节，都有它的特别的好处；冬天是室内饮食奄息的时期，秋天是郊外走马调鹰的日子，春天好看新绿，夏天饱受清凉。至于各节各季，正当移换中的一段时间哩，又是别一种情趣，是一种两不相连，而又两都相合的中间风味，如雍和宫的打鬼，净业庵的放灯，丰台的看芍药，万牲园的寻梅花之类。

五六百年来文化所聚萃的北平，一年四季无一月不好的北平，我在遥忆，我也在深祝，祝她的平安进展，永久地为我们黄帝子孙所保有的旧都城！

一九三六年五月廿七日

原载一九三六年七月一日《宇宙风》半月刊第二十期

一片阳光

林徽因

放了假,春初的日子松弛下来。将午未午时候的阳光,澄黄的一片,由窗棂横浸到室内,晶莹地四处射。我有点发怔,习惯地在沉寂中惊讶我的周围。我望着太阳那湛明的体质,像要辨别它那交织绚烂的色泽,追逐它那不着痕迹的流动。看它洁净地映到书桌上时,我感到桌面上平铺着一种恬静,一种精神上的豪兴,情趣上的闲逸;即或所谓"窗明几净",那里默守着神秘的期待,漾开诗的气氛。那种静,在静里似可听到那一处琤琮的泉流,和着仿佛是断续的琴声,低诉着一个幽独者自娱的音调。看到这同一片阳光射到地上时，我感到地面上花影浮动，暗香吹拂左右，人随着晌午的光霭花气在变幻，那种动，柔谐婉转有如无声音乐，令人悠然轻快，不自觉地脱落伤愁。至多，在舒扬理智的客观里使我偶一回头，看看过去幼年记忆步履所留的残迹，有点儿惋惜时间；微微怪时间不能保存情绪，保存那一切情绪所曾流连的境界。

倚在软椅上不但奢侈，也许更是一种过失，有闲的过失。但东坡的辩护："懒者常似静，静岂懒者徒"，不是没有道理。如果此刻不倚榻上而"静"，则方才情绪所兜的小小圈子便无条件地失落了去！人家就不可惜它，自己却实在不能不感到这种亲密的损失的可哀。

就说它是情绪上的小小旅行吧，不走并无不可，不过走走未始不是更好。归根说，我们活在这世上到底最珍惜一些什么？果真珍惜万物之灵的人的活动所产生的种种，所谓人类文化？这人类文化到底又靠一些什么？我们怀疑或许就是人身上那一撮精神同机体的感觉，生理心理所共起的情感，所激发出的一串行为，所聚敛的一点智慧，——那么一点点人之所以为人的表现。宇宙万物客观的本无所可珍惜，反映在人性上的山川、草木、禽兽才开始有了秀丽，有了气质，有了灵犀。反映在人性上的人自己更不用说。没有人的感觉、人的情感，即便有自然，也就没有自然的美，质或神方面更无所谓人的智慧、人的创造、人的一切生活艺术的表现！这样说来，谁该鄙弃自己感觉上的小小旅行？为壮壮自己胆子，我们更该相信惟其人类有这类情绪的驰骋，实际的世间才赓续着产生我们精神所寄托的文物精萃。

此刻我竟可以微微一咳嗽，乃至于用播音的圆润口调说：我们既然无疑的珍惜文化，即尊重盘古到今种种的艺术——无论是抽象的思想的艺术，或是具体的驾驭天然材料另创的非天然形象，——则对于艺术所由来的渊源，那点点人的感觉、人的情感智慧（通称人的情绪），又当如何地珍惜才算合理？

但是情绪的驰骋，显然不是诗或画或任何其他艺术建造的完成。这驰骋此刻虽占了自己生活的若干时间，却并不在空间里占任何一个小小位置！这个情形自己需完全明了。此刻它仅是一种无踪迹的流动，并无栖身的形体。它或含有各种或可捉摸的质素，但是好奇地探讨这个质素而具体要表现它的差事，大论其有无意义，除却本人外，别人是无能为力的。我此刻为着一片清婉可喜的阳光，分明自己在对内心交流变化的各种联想发生一种兴趣的注意，换句话说，这好奇与兴趣的注意已是我此刻生活的活动。一种力量又迫着我来把握住这个活动，而设法表现它，这不易抑制的冲动，或即所谓艺术冲动也未可知！只记得冷静的杜工部散散步，看看花，也不免会有"江上被花恼不彻，无处告诉只颠狂"的情绪上一片紊乱！玲珑煦暖的阳光照人面前，那美的感人力量就不减于花，不容我生硬地自己把情绪分划为有闲与实际的两种，而权其轻重，然后再决定取舍的。我也只有情绪上的一片紊乱。

情绪的旅行本偶然的事，今天一开头并为着这片春初晌午的阳光，现在也还是为着它。房间内有两种豪侈的光常叫我的心绪紧张如同花开，趁着感觉的微风，深浅零乱于冷智的枝叶中间。一种是烛光，高高的台座，长垂的烛泪，熊熊红焰当帘幕四下时各处光影掩映。那种闪烁明艳，雅有古意，明明是画中景象，却含有更多诗的成分。另一种便是这初春晌午的阳光，到时候有意无意的大片子洒落满室，那些窗棂栏板几案笔砚浴在光蔼中，一时全成了静物图案；再有红蕊细枝点缀几处，室内更是轻香浮溢，叫人俯仰全触到一种灵性。

这种说法怕有点会发生误会。我并不说这片阳光射入室内，需要笔砚花香那些儒雅的托衬才能动人。我的意思倒是：室内顶寻常的一些供设，只要一片阳光这样又幽娴又洒脱地落在上面,一切都会带上另一种动人的气息。

这里要说到我最初认识的一片阳光。那年我六岁,记得是刚刚出了水珠以后——水珠即寻常水痘,不过我家乡的话叫它做水珠。当时我很喜欢那美丽的名字,忘却它是一种病,因而也觉到一种神秘的骄傲。只要人过我窗口问问出"水珠"么?我就感到一种荣耀。那个感觉至今还印在脑子里。也为这个缘故,我还记得病中奢侈的愉悦心境。虽然同其他多次的害病一样,那次我仍然是孤独的被囚禁在一间房屋里休养的。那是我们老宅子里最后的一进房子,白粉墙围着小小院子,北面一排三间,当中夹着一个开敞的厅堂。我病在东头娘的卧室里。西头是姊姊的住房。娘同姊永远要在祖母的前院里行使她们女人们的职务的,于是我常是这三间房屋惟一留守的主人。

在那三间屋子里病着,那经验是难堪的。时间过得特别慢,尤其是在日中毫无睡意的时候。起初,我仅集注我的听觉在各种似脚步,又不似脚步的上面。猜想着,等候着,希望着人来。间或听听隔墙各种琐碎的声音,由墙基底下传达出来又消敛了去。过一会,我就不耐烦了——不记得是怎样的,我就蹬着鞋,挨着木床走到房门边。房门向着厅堂斜斜地开着一扇,我便扶着门框好奇地向外探望。

那时大概刚是午后两点钟光景，一张刚开过饭的八仙桌，异常寂寞地立在当中。桌下一片由厅口处射进来的阳光，泄泄融融地倒在那里。一个绝对悄寂的周围伴着这一片无声的金色的晶莹，不知为什么，忽使我六岁孩子的心里起了一次极不平常的振荡。

那里并没有几案花香，美术的布置，只是一张极寻常的八仙桌。如果我的记忆没有错，那上面在不多时间以前，是刚陈列过咸鱼、酱菜一类极寻常俭朴的午餐的。小孩子的心却呆了。或许两只眼睛倒张大一点，四处地望，似乎在寻觅一个问题的答案。为什么那片阳光美得那样动人？我记得我爬到房内窗前的桌子上坐着，有意无意地望望窗外，院里粉墙疏影同室内那片金色和煦绝然不同趣味。顺便我翻开手边娘梳妆用的旧式镜箱，又上下摇动那小排状抽屉，同那刻成花篮形小铜坠子，不时听雀跃过枝清脆的鸟语。心里却仍为那片阳光隐着一片模糊的疑问。

时间经过二十多年，直到今天，又是这样一泄阳光，一片不可捉摸，不可思议流动的而又恬静的瑰宝，我才明白我那问题是永远没有答案的。事实上仅是如此：一张孤独的桌，一角寂寞的厅堂。一只灵巧的镜箱，或窗外断续的鸟语，和水珠——那美丽小孩子的病名——便凑巧永远同初春静沉的阳光整整复斜斜地成了我回忆中极自然的联想。

原载于一九四六年十一月二十四日

《大公报·文艺副刊》

四

在寻常事里，收集小欢喜

放风筝

梁实秋

偶见街上小儿放风筝,拖着一根棉线满街跑,嬉戏为欢,状乃至乐。那所谓风筝,不过是竹篾架上糊一点纸,一尺见方,顶多底下缀着一些纸穗,其结果往往是绕挂在街旁的电线上。

常因此想起我小时候在北平放风筝的情形。我对放风筝有特殊的癖好,从孩提时起直到三四十岁,遇有机会从没有放弃过这一有趣的游戏。在北平,放风筝有一定的季节,大约总是在新年过后开春的时候为宜。这时节,风劲而稳。严冬时风很大,过于凶猛,春季过后则风又嫌微弱了。

开春的时候，蔚蓝的天，风不断地吹，最好放风筝。

北平的风筝最考究。这是因为北平的有闲阶级的人多，如八旗子弟，凡属耳目声色之娱的事物都特别发展。我家住在东城，东四南大街，在内务部街与史家胡同之间有一个二郎庙，庙旁边有一爿风筝铺，铺主姓于，人称"风筝于"。他做的风筝在城里颇有小名。我家离他近，买风筝特别方便。他做的风筝种类繁多，如肥沙雁、瘦沙雁、龙井鱼、蝴蝶、蜻蜓、鲇鱼、灯笼、白菜、蜈蚣、美人儿、八卦、蛤蟆以及其他形形色色的。鱼的眼睛是活动的，放起来滴溜溜地转，尾巴拖得很长，临风波动。蝴蝶蜻蜓的翅膀也有软的，波动起来也很好看。风筝的架子是竹制的，上面绷起高丽纸面，讲究的要用绢绸，绘制很是精致，彩色缤纷。风筝于的出品，最精彩是"提线"拴得角度准确，放起来不"折筋斗"，平平稳稳。风筝小者三尺，大者一丈以上，通常在家里玩玩有三尺到六尺就很够了。新年厂甸开放，风筝摊贩也很多，品质也还可以。

放风筝的线，小风筝用棉线即可，三尺以上就要用棉线数绺捻成的"小线"，小线也有粗细之分，视需要而定。考究的要用"老弦"：取其坚牢，而且分量较轻，放起来可以扭成直线，不似小线之动辄出一圆兜。线通常绕在竹制的可旋转的

"线桄子"上。讲究的是硬木制的线桄子，旋转起来特别灵活迅速。用食指打一下，桄子即转十几转，自然地把线绕上去了。

有人放风筝，尤其是较大的风筝，常到城根或其他空旷的地方去，因为那里风大，一抖就起来了。尤其是那一种特制的巨型风筝，名为"拍子"，长方形的，方方正正没有一点花样，最大的没有超过九尺。北平的住宅都有个院子，放风筝时先测定风向，要有人带起一根大竹竿，竿顶置有铁叉头或铜叉头（挂画所用的那种叉子），把风筝挑起，高高举起到房檐之上，等着风一来，一抖，风筝就飞上天去，竹竿就可以撤了，有时候风不够大，举竹竿的人还要爬上房去踞坐在房脊上面。有时候，费了不少手脚，而风姨不至，只好废然作罢。不过这种扫兴的机会并不太多。

风筝和飞机一样，在起飞的时候和着陆的时候最易失事。电线和树都是最碍事的，须善为躲避。风筝一上天，就没有事，有时候进入罡风境界，则不需用手牵着，大可以把线拴在屋柱上面，自己进屋休息，甚至拴一夜，明天再去收回。春寒料峭，在院子里久了会冻得涕泗交流，线弦有时也会把手指勒得青疼，甚至出血，是需要到屋里去休息取暖的。

风筝之"筝"字，原是一种乐器，似瑟而十三弦。所以顾名思义，风筝也是要有声响的，《询刍录》云："五代李邺于宫中作纸鸢，引线乘风为戏，后于鸢首，以竹为笛，使风入竹，声如筝鸣。"这记载是对的。不过我们在北平所放的风筝，倒不是"以竹为笛"，带响的风筝是两种，一种是带锣鼓的，一种是带弦弓的，二者兼备的当然也不是没有。所谓锣鼓，即是利用风车的原理捶打纸制的小鼓，清脆可听。弦弓的声音比较更为悦耳。有诗为证：

> 夜静弦声响碧空，
> 官商信任往来风。
> 依稀似曲才堪听，
> 又被风吹别调中。

——高骈《风筝诗》

我以为放风筝是一件颇有情趣的事。人生在世上，局促在一个小圈圈里，大概没有不想偶然远走高飞一下的。出门旅行，游山逛水，是一个办法，然亦不可常得。放风筝时，手牵着一根线，看风筝冉冉上升，然后停在高空，这时节仿佛自己也跟着风筝飞起了，俯瞰尘寰，怡然自得。我想这也许是自己想飞而不可得，一种变相的自我满足罢。春天的午后，看看天空飘着别人家放起的风筝，虽然也觉得很好玩，究不若自己手里牵着线的较为亲切，那风筝就好像是载着自己的一片心情上了天。真是的，在把风筝收回来的时候，心里泛起一种异样的感觉，好像是游罢归来，虽然不是扫兴，不是败兴，至少也是尽兴之后的那种疲惫状态，懒洋洋的，无话可说，从天上又回到了人间，从天上翱翔又回到地上匍匐。

放风筝还可以"送幡"（俗呼为"送饭儿"）。用铁丝圈套在风筝线上，圈上附一长纸条，在放线的时候铁丝圈和长纸条便被风吹着慢慢地滑上天去，纸幡在天空飞荡，直到抵达风筝脚下为止。在夜间还可以把一盏一盏的小红灯笼送上去，黑暗中不见风筝，只见红灯朵朵在天上游来游去。

放风筝有时也需要一点点技巧，最重要的是在放线松弛之间要控制得宜。风太劲，风筝陡然向高处跃起，左右摇晃，把线拉得绷紧，这时节一不小心风筝便会倒栽下去。栽下去不要慌，赶快把线一松，它立刻又会浮起，有时候风筝已落到视线所不能及的地方，依然可以把它挽救起来，凡事不宜操之过急，放松一步，往往可以化险为夷，放风筝亦一例也。技术差的人，看见风筝要栽筋斗，便急忙往回收，适足以加强其危险性，以至于不可收拾。风筝落在树梢上也不要紧，这时节也要把线放松，乘风势轻轻一扯便会升起，性急的人用力拉，便愈纠缠不清，直到把风筝扯碎为止。在风力弱的时候，风筝自然要下降，线成兜形，便要频频扯抖，尽量放线，然后再及时收回，一松一紧，风筝可以维持于不坠。

好斗是人的一种本能。放风筝时也可表现出战斗精神。发现邻近有风筝飘起，如果位置方向适宜，便可向它斗争。法子是设法把自己的风筝放在对方的线兜之下，然后猛然收线，风筝陡地直线上升，势必与对方的线兜交缠在一起，两只风筝都摇摇欲坠，双方都急于向回扯线，这时候就要看谁的线粗，谁的手快，谁的地势优了。优胜的一方面可以扯回自己的风筝，外加一只俘虏，可能还有一段的线。我在一季之中，时常可以俘获四五只风筝。把俘获的风筝放起，心里特别高兴，好像是在炫耀自己的胜利品，可是有时候战斗失利，自己的风筝被俘，过一两天看着自己的风筝在天空飘荡，那便又是一种滋味了。这种斗争并无伤于睦邻之道，这是一种游戏，不发生侵犯领空的问题。并且风筝也只好玩一季，没有人肯玩隔年的风筝。迷信说隔年的风筝不吉利，这也许是卖风筝的人造的谣言。

花　园

汪曾祺

在任何情形之下，那座小花园是我们家最亮的地方。虽然它的动人处不是，至少不仅在于这点。

每当家像一个概念一样浮现于我的记忆之上，它的颜色是深沉的。

祖父年轻时建造的几进，是灰青色与褐色的。我自小养育于这种安定与寂寞里。报春花开放在这种背景前是好的。它不致被晒得那么多粉，固然报春花在我们那儿很少见，也许没有，不像昆明。

曾祖留下的则几乎是黑色的,一种类似眼圈上的黑色(不要说它是青的),里面充满了影子。这些影子足以使供在神龛前的花消失。晚间点上灯,我们常觉那些布灰布漆的大柱子一直伸拔到无穷高处。神堂屋里总挂一只鸟笼,我相信即是现在也挂一只的。那只青裆子永远眯着眼假寐(我想它做个哲学家,似乎身子太小了)。只有巳时将尽,它唱一会儿,洗个澡,抖下一团小雾在伸展到廊内片刻的夕阳光影里。

一下雨,什么颜色都郁起来,屋顶、墙、壁上花纸的图案,甚至鸽子:铁青子、瓦灰、点子、霞白。宝石眼的好处这时才显出来。于是我们,等斑鸠叫单声,在我们那个园里叫。等着一棵榆梅稍经一触,落下碎碎的瓣子,等着重新着色后的草。

我的脸上若有从童年带来的红色,它的来源是那座花园。

我的记忆有菖蒲的味道。然而我们的园里可没有菖蒲呵?它是哪儿来的,是那些草?这是一个无法解决的问题。但是我此刻把它们没有理由地纠在一起。

"巴根草绿阴阴,唱个唱,把狗听。"每个小孩子都这么唱过吧。有时什么也不做,我躺着,用手指绕住它的根,用一种不露锋芒的力量拉,听顽强的根胡一处一处断了。这种声音只有拔草的人自己才听得见。当然我嘴里是含着一根草了。草根的甜味和它的似有若无的水红色是一种自然的巧合。

草被压倒了。有时我的头动一动,倒下的草又慢慢站起来。我静静地注视它,很久很久,看它的努力快要成功时,又把头枕上去,嘴里叫一声"嗯!"有时,不在意,怜惜它的苦心,就算了。这种性格呀!那些草有时会吓我一跳的,它在我的耳根伸起腰来了,当我看天上的云。

我的鞋底是滑的,草磨得它发了光。

莫碰臭芝麻,沾惹一身,嗐,难闻死人。沾上身了,不要用手指去拈,用刷子刷。这种籽儿有带钩儿的毛,讨嫌死了。至今我不能忘记它:因为我急于要捉住那个"都溜"(一种蝉,叫得最好听),我举着我的网,蹑手蹑脚,抄近路过去,循它的声音找着时,拍,得了。可是回去,我一身都是那种臭玩意。想想我捉过多少"都溜"!

我觉得虎耳草有一种腥味。

紫苏的叶子上的红色呵,暑假快过去了。

那棵大垂柳上常常有天牛,有时一个,两个的时候更多。

它们总像有一桩事情要做，六只脚不停的运动，有时停下来，那动着的便是两根有节的触须了。我们以为天牛触须有一节它就有一岁。捉天牛用手，不是如何困难工作，即使它在树枝上转来转去，你等一个合适地点动手，常把脖子弄累了，但是失望的时候很少。这小小生物完全如一个有教养惜身份的绅士，行动从容不迫，虽有翅膀可从不想到飞；即是飞，也不远。一捉住，它便吱吱扭扭的叫，表示不同意，然而行为依然是温文尔雅的。黑地白斑的天牛最多，也有极瑰丽颜色的。有一种还似乎带点玫瑰香味。天牛的玩法是用线扣在脖子上看它走。令人想起……不说也好。

　　蟋蟀已经变成大人玩意了。但是大人的兴趣在斗，而我们对于捉蟋蟀的兴趣恐怕要更大些。我看过一本秋虫谱，上面除了苏东坡米南宫，还有许多济颠和尚说的话，都神乎其神的不大好懂。捉到一个蟋蟀，我不能看出它颈子上的细毛是瓦青还是朱砂，它的牙是米牙还是菜牙，但我仍然是那么欢喜。听，瞿瞿瞿瞿，哪里？这儿是的，这儿了！用草掏，手扒，水灌，嚯，蹦出来了。顾不得螺螺藤拉了手，扑，追着扑。有时正在外面玩得很好，忽然想起我的蟋蟀还没喂呢，于是赶紧回家。我每吃一个梨，一段藕，吃石榴吃菱，都要分给它一点。正吃着晚饭,我的蟋蟀叫了,我会举着筷子听半天,听完了对父亲笑笑,得意极了。一捉蟋蟀,那就整个园子都得翻个身。我最怕翻出那种软软的鼻涕虫。可是堂弟有的是办法,撒一点盐,立刻它就化成一摊水了。

有的蝉不会叫,我们称之为哑巴。捉到哑巴比捉到"红娘"更坏。但哑巴也有一种玩法。用两个马齿苋的瓣子套起它的眼睛,那是刚刚合适的,仿佛马齿苋的瓣子天生就为了这种用处才长成那么个小口袋样子,一放手,哑巴就一直向上飞,决不偏斜转弯。

蜻蜓一个个选定地方息下,天就快晚了。有一种通身铁色的蜻蜓,翅膀较窄,称"鬼蜻蜓"。看它款款的飞在墙角花阴,不知什么道理,心里有一种说不出来的难过。

好些年不看到土蜂了。这种蠢头蠢脑的家伙,我觉得它也在花朵上把屁股撅来撅去的,有点不配,因此常常愚弄它。土蜂是在泥地上掘洞当做窠的。看它从洞里把个有绒毛的小脑袋钻出来(那神气像个东张西望的近视眼),嗡,飞出去了,我便用一点点湿泥把那个洞封好,在原来的旁边给它重掘一个,等着,一会儿,它拖着肚子回来了,找呀找,找到我掘的那个洞,钻进去,看看,不对,于是在四近大找一气。我会看着它那副急样笑个半天。或者，干脆看它进了洞，用一根树枝塞起来，看它从别处开了洞再出来。好容易，可重见天日了，它老先生于是坐在新大门旁边息息，吹吹风。神情中似乎是生了一点气，因为到这时已一声不响了。

祖母叫我们不要玩螳螂，说是它吃了土谷蛇的脑子，肚里会生出一种铁线蛇，缠到马脚脚就断，什么东西一穿就过去了，穿到皮肉里怎么办？

它的眼睛如金甲虫，飞在花丛里五月的夜。

故乡的鸟呵。

我每天醒在鸟声里。我从梦里就听到鸟叫，直到我醒来。我听得出几种极熟悉的叫声，那是每天都叫的，似乎每天都在那个固定的枝头。

有时一只鸟冒冒失失飞进那个花厅里，于是大家赶紧关门、关窗子，呕喝、拍手、用书扔、竹竿打，甚至把自己帽子向空中摔去。可怜的东西这一来完全没了主意，只横冲直撞的乱飞，碰在玻璃上，弄得一身蜘蛛网，最后大概都是从两椽之间空隙脱走。

园子里时时晒米粉，晒灶饭，晒碗儿糕。怕鸟来吃，都放一片红纸。为了这个警告鸟儿照例就不来。我有时把红纸拿掉让它们大吃一阵,倒觉得它们太不知足时便大喝一声赶去。

我为一只鸟哭过一次。那是一只麻雀或是癞花。也不知从什么人得来的,欢喜得了不得,把父亲不用的细篾笼子挑出一个最好的来给它住,配一个最好的雀碗,在插架上放了一个荸荠,安了两根风藤跳棍,整整忙了一半天。第二天起得格外早,把它挂在紫藤架下。正是花开的时候,我想那是全园最好的地方了。一切弄得妥妥当当后,独自还欣赏了好半天,我上学去了。一放学,急急回来,带着书便去看我的鸟。笼子掉在地下,碎了,雀碗里还有半碗水,"我的鸟,我的鸟呐!"父亲正在给碧桃花接枝,听见我的声音,忙走过来,把笼子拿起来看看,说"你挂得太低了,鸟在大伯的玳瑁猫肚子里了"。哇的一声,我哭了。父亲推着我的头回去,一面说"不害羞,这么大人了"。

有一年,园里忽然来了许多夜哇子。这是一种鹭鸶属的鸟,灰白色,据说它们头上那根毛能破天风。所以有那么一种名。大概是因为它的叫声如此吧。故乡古话说这种鸟常带来幸运。我见它们叽叽喳喳做窠了,我去告诉祖母,祖母去看了看,没有说什么话。我想起它们来了,也有一天会像来了一样又去了的。我尽想，从来处来，从去处去，一路走，一路望着祖母的脸。

园里什么花开了，常常是我第一个发现。祖母的佛堂里那个铜瓶里的花常常是我换新，对于这个孝心的报酬是有须掐花供奉时总让我去，父亲一醒来，一股香气透进帐子，知道桂花开了，他常是坐起来，抽支烟，看着花，很深远地想着什么。冬天，下雪的冬天，一早上，家里谁也还没有起来，我常去园里摘一些冰心腊梅的朵子，再掺着鲜红的天竺果，用花丝穿成几柄，清水养在白磁碟子里放在妈（我的第一个继母）和二伯母妆台上，再去上学。我穿花时，服侍我的女佣人小莲子，常拿着掸帚在旁边看，她头上也常戴着我的花。

我们那里有这么个风俗，谁拿着掐来的花在街上走，是可以抢的，表姐姐们每带了花回去，必是坐车。她们一来，都得上园里看看，有什么花开得正好，有时竟是特地为花来的。掐花的自然又是我。我乐于干这项差事。爬在海棠树上、梅树上、碧桃树上、丁香树上，听她们在下面说"这枝，唉，这枝这枝，再过来一点，弯过去的，喏，唉，对了！对了！"冒一点险，用一点力，总给办到。有时我也贡献一点意见，以为某枝已经盛开，不两天就全落在台布上了；某枝花虽不多，样子却好。有时我陪花跟她们一道回去,路上看见有人看过这些花一眼,心里非常高兴。碰到熟人同学,路上也会分一点给她们。

想起绣球花,必连带想起一双白缎子绣花的小拖鞋。这是一个小姑姑房中东西。那时候我们在一处玩,从来只叫名字,不叫姑姑。只有时写字条时如此称呼,而且写到这两个字时心里颇有种近于滑稽的感觉。我轻轻揭开门帘,她自己若是不在,我便看到这两样东西了。太阳照进来,令人明白感觉到花在吸着水,仿佛自己真分享到吸水的快乐。我可以坐在她常坐的椅子上,随便找一本书看看,找一张纸写点什么,或有心无意地画一个枕头花样,把一切再恢复原来样子不留什么痕迹,又自去了。但她大都能发觉谁来过了。那第二天碰到,必指着手说"还当我不知道呢。你在我绷子上戳了两针,我要拆下重来了!"那自然是吓人的话。那些绣球花,我差不多看见它们一点一点地开,在我看书做事时,它会无声地落两片在花梨木桌上。绣球花可由人工着色。在瓶里加一点颜色,它便会吸到花瓣里。除了大红的之外,别种颜色看上去都极自然,我们常以骗人说是新得的异种。这只是一种游戏,姑姑房里常供的仍是白的。为什么我把花跟拖鞋画在一起呢?真不可解。——姑姑已经嫁了,听说日子极不如意。绣球快开花了,昆明渐渐暖起来。

花园里旧有一间花房，由一个花匠管理。那个花匠仿佛姓夏。关于他的机灵促狭和女人方面的恩怨，有些故事常为旧日佣仆谈起，但我只看到他常来要钱，样子十分狼狈，局局促促，躲避人的眼睛，尤其是说他的故事的人的。花匠离去后，花房也跟着改造园内房屋而拆掉了。那时我认识花名极少，只记得黄昏时，夹竹桃特别红，我忽然又害怕起来，急急走回去。

我爱逗弄含羞草。触遍所有叶子，看都合起来了，我自低头看我的书，偷眼瞧它一片片地开张了，再猝然又来一下。他们都说这是不好的，有什么不好呢。

荷花像是清明栽种。我们吃吃螺蛳，抹抹柳球，便可看佃户把马粪倒在几口大缸里盘上藕秧，再盖上河泥。我们在泥里找蚬子，小虾，觉得这些东西搬了这么一次家，是非常奇怪有趣的事。缸里泥晒干了，便加点水，一次又一次，有一天，紫红色的小觜子冒出来了水面，夏天就来了。赞美第一朵花。荷叶上花拉花响了，母亲便把雨伞寻出来，小莲子会给我送去。

大雨忽然来了。一个青色的闪照在槐树上，我赶紧跑到柴草房里去。那是距我所在处最近的房屋。我爬上堆近屋顶的芦柴上，听水从高处流下来，响极了，訇——，空心的老桑树倒了，葡萄架塌了，我的四近越来越黑了，雨点在我头上乱跳。忽然一转身，墙角两个碧绿的东西在发光！哦，那是我常看见的老猫。老猫又生了一群小猫了。原来它每次生养都在这里。我看它们攒着吃奶，听着雨，雨慢慢小了。

那棵龙爪槐是我一个人的。我熟悉它的一切好处，知道哪个枝子适合哪种姿势。云从树叶间过去。壁虎在葡萄上爬。杏子熟了。何首乌的藤爬上石笋了，石笋那么黑。蜘蛛网上一只苍蝇。蜘蛛呢？花天牛半天吃了一片叶子，这叶子有点甜么，那么嫩。金雀花那儿好热闹，多少蜜蜂！波——，金鱼吐出一个泡，破了，下午我们去捞金鱼虫。香橼花蒂的黄色仿佛有点忧郁，别的花是飘下，香橼花是掉下的，花落在草叶上，草稍微低头又弹起。大伯母掐了枝珠兰戴上，回去了。大伯母的女儿，堂姐姐看金鱼，看见了自己。石榴花开，玉兰花开，祖母来了，"莫掐了，回去看看，瓶里是什么？我下来了，下来扶您。"

槐树种在土山上，坐在树上可看见隔壁佛院。看不见房子，看到的是关着的那两扇门,关在门外的一片田园。门里是什么岁月呢?钟鼓整日敲,那么悠徐,那么单调。门开时,小尼姑来抱一捆草,打两桶水,随即又关上了。水咚咚地滴回井里。那边有人看我,我忙把书放在眼前。

家里宴客,晚上小方厅和花厅有人吃酒打牌(我记得有个人吹得极好的笛子)。灯光照到花上,树上,令人极欢喜也十分忧郁。点一个纱灯,从家里到园里,又从园里到家里,我一晚上总不知走了无数趟。有亲戚来去,多是我照路,说哪里高,哪里低,哪里上阶,哪里下坎。若是姑妈舅母,则多是扶着我肩膀走。人影人声都如在梦中。但这样的时候并不多。平日夜晚园子是锁上的。

小时候胆小害怕,黑魆魆的,树影风声,令人却步。而且相信园里有个"白胡子老头子",一个土地花神,晚上会出来,在那个土山后面,花树下,冉冉的转圈子,见人也不避让。

有一年夏天,我已经像个大人了,天气郁闷,心上另外又有一点小事使我睡不着,半夜到园里去。一进门,我就停住了。我看见一个火星。咳嗽一声,招我前去,原来是我的父亲。他也正因为睡不着觉在园中徘徊。他让我抽一支烟,(我刚会抽烟）我搬了一张藤椅坐下，我们一直没有说话。那一次，我感觉我跟父亲靠得近极了。

四月二日。月光清极，夜气大凉。似乎该再写一段作为收尾，但又似无须了。便这样吧，日后再说。逝者如斯。

原载昆明《文聚》一九四五年第二卷第三期

骨董小记

周作人

从前偶然做了两首打油诗，其中有一句云，老去无端玩骨董，有些朋友便真以为我有些好古董，或者还说有古玩一架之多。我自己也有点不大相信了，在苦雨斋里仔细一查，果然西南角上有一个书橱，架上放着好些——玩意儿。这书橱的格子窄而且深，全橱宽只一公尺三五，却分作三份，每份六格，每格深二三公分，放了"四六判"的书本以外，大抵还可空余八公分，这点地方我就利用了来陈列小小的玩具。这总计起来有二十四件，现在列记于下。

一、竹制黑猫一，高七公分，宽三公分。竹制龙舟一，高八公分，长七公分，是一个友人从长崎买来送我的。竹木制香炉各一，大的高十公分，小者六公分，都从东安市场南门内摊上买来。

二、土木制偶人共九，均日本新制，有雏人形，博多人形，仿御所人形各种，有"暂""鸟边山""道成寺"各景，高自三至十六公分。松竹梅土制白公鸡一，高三公分。

三、面人三，隆福寺街某氏所制，魁星高六公分，孟浩然连所跨毛驴共高四公分，长眉大仙高四公分，孟浩然后有小童杖头挑壶卢随行，后有石壁，外加玻璃盒，价共四角。搁在斋头已将一年，面人幸各无恙，即大仙细如蛛丝的白眉亦尚如故，真可谓难得也。

四、陶制舟一，高六公分，长十二公分，底有印曰一休庵。篷作草苫，可以除去，其中可装柳木小剔牙签，船头列珊瑚一把，盖系"宝船"也。又贝壳舟一，像舟人着蓑笠持篙立筏上，以八棱牙贝九个，三贝相套为一列，三列成筏。以瓦楞子作蓑，梅花贝作笠，黄核贝作舟人的身子，篙乃竹枝。今年八月游江之岛，以十五钱买得之，虽不及在小凑所买贝人形"挑水"之佳，却也别有风致，盖挑水似艳丽的人物画，而此船则是水墨山水中景物也。

五、古明器四，碓灶猪人各一也。碓高二公分，宽四公分，长十三公分。灶高八公分半，宽九公分。猪高五公分，长十一公分。人高十二公分。大抵都是唐代制品，在洛阳出土的。又自制陶器花瓶一，高八公分，中径八公分，上下均稍小，题字曰：忍过事堪喜，甲戌八月十日在江之岛书杜牧之句制此，知堂。底长方格内文曰：苦茶庵自用品。其实这是在江之岛对岸的片濑所制，在素坯上以破笔蘸蓝写字，当场现烧，价二十钱也。

六、方铜镜一，高广各十一公分，背有正书铭十六字，文曰：既虚其中，亦方其外，一尘不染，万物皆备。其下一长方印，篆文曰薛晋侯造。

总算起来，只有明器和这镜可以说是古董。薛晋侯镜之外还有一面，虽然没有放在这一起，也是我所喜欢的。镜作葵花八瓣形，直径宽处十一公分半，中央有长方格，铭两行曰：湖州石十五郎炼铜照子。明器自罗振玉的《图录》后已著于录，薛石的镜子更是文献足征了。汪日帧《湖雅》卷九云：

"《乌程刘志》：湖之薛镜驰名，薛杭人而业于湖，以磨镜必用湖水为佳。案薛名晋侯，字惠公，明人，向时称薛惠公老店，在府治南宣化坊。"又云：

"《西吴枝乘》：镜以吴兴为良，其水清洌能发光也。予在婺源购得一镜，水银血斑满面，开之止半面，光如上弦之月。背铸字两行云，湖州石十三郎自照青铜监子，十二字，乃唐宋殉葬之物也。镜以监子名，甚奇。案宋人避敬字嫌名，改镜曰照子，亦曰鉴子，监即鉴之省文，何足为异。此必宋制，与唐无涉，且明云自照，乃生时所用，亦非殉葬物也。"梁廷枏《藤花亭镜谱》卷四亦已录有石氏制镜，文曰：

"南唐石十姐镜：葵花六瓣，全体平素，右作方格而中分之，识分两行，凡十有二字，正书，曰，湖州石十姐摹练铜作此照子。予尝见姚雪逸司马衡藏一器，有柄，识曰，湖州石念二叔照子。又见两拓本，一云，湖州石十五郎炼铜照子，一云，湖州石十四郎作照子，并与此大同小异，此云十姐，则石氏兄弟姊妹咸擅此技矣。云照子者亦唯石氏有之，古不过称鉴称镜而已。石氏南唐人，据姚司马考之如此。"南唐人本无避宋讳之理。且湖州在宋前也属于吴越，不属南唐，梁氏自己亦以为疑，但深信姚司马考据必有所本，定为南唐，未免是千虑一失了。

但是我总还不很明白骨董究竟应该具什么条件。据说骨董原来只是说古器物，那么凡是古时的器物便都是的，虽然这时间的问题也还有点麻烦。例如，巨鹿出土的宋大观年代的器物当然可以算作骨董了，那些陶器大家都知宝藏，然而午门楼上的板桌和板椅真是历史上的很好材料，却总没法去放在书房里做装饰，固然难找得第二副，就是想放也是枉然。由此看来，古器物中显然可以分两部分，一是古物，二仍是古物，但较小而可玩者，因此就常被称为古玩者是也。镜与明器大抵可以列入古玩之部罢，其余那些玩物，可玩而不古，那么当然难以冒扳华宗了。古玩的趣味，在普通玩物之上又加上几种分子。其一是古。古的好处何在，各人说法不同，要看他是哪一类的人。假如这是宗教家派的复古家，古之所以可贵者便因其与理想的天国相近。假如这是科学家派的考古家，他便觉得高兴，能够在这些遗物上窥见古时生活的一瞥。不佞并不敢自附于哪一派，如所愿则还在那别无高古的理想与热烈的情感的第二种人。我们看了宋明的镜子未必推测古美人的梳头匀面，"颇涉遐想"，但借此知道那时照影用的是有这一种式样，就得满足，于形色花样之外又增加一点兴味罢了。再说古玩的价值其二是稀。物以稀为贵，现存的店铺还要标明只此一家以见其名贵，何况古物，书夸孤本，正是应该。不过在这一点上我不甚赞同，因为我所有的都是常有多有的货色，大抵到每一个古董摊头去一张望即可发见有类似品的。此外或者还可添加一条，其三是贵。稀则必贵，此一理也。贵则必好，大官富贾买古物如金刚宝石然，此又一理也。若不佞则无从措辞矣，赞成乎？无钱；反对乎？殆若酸蒲桃。总而言之，我所有的虽也难说贱却也决不贵。明器在国初几乎满街皆是，一个一只洋耳，镜则都在绍兴从大坊口至三埭街一带地方得来，在铜店柜头杂置旧锁钥匙小件铜器的匣中检出，价约四角至六角之谱，其为我买来而不至被烊改作铜火炉者，盖偶然也。然亦有较贵者，小偷阿桂携来一镜，背作月宫图，以一元买得，此镜《藤花亭谱》亦著录，定为唐制，但今已失去。

玩骨董者应具何种条件？此亦一问题也。或曰，其人应极旧。如是则表里统一，可以养性。或曰，其人须极新。如是则世间谅解，可以免骂。此二说恐怕都有道理，不佞不能速断。但是，如果二说成立其一，于不佞皆大不利，无此资格而玩骨董，不佞亦自知其不可矣。

二十三年十月。

买墨小记

周作人

我的买墨是压根儿不足道的。不但不曾见过邵格之,连吴天章也都没有,怎么够得上说墨,我只是买一点儿来用用罢了。我写字多用毛笔,这也是我落伍之一,但是习惯了不能改,只好就用下去,而毛笔非墨不可,又只得买墨。本来墨汁是最便也最经济的,可是胶太重,不知道用的什么烟,难保没有"化学"的东西,写在纸上常要发青,写稿不打紧,想要稍保存的就很不合适了。买一锭半两的旧墨,磨来磨去也可以用上一个年头,古人有言,非人磨墨墨磨人,似乎感慨系之,我只引来表明墨也很禁用，并不怎么不上算而已。

买墨为的是用，那么一年买一两半两就够了。这话原是不错的，事实上却不容易照办，因为多买一两块留着玩玩也是人情之常。据闲人先生在《谈用墨》中说："油烟墨自光绪五年以前皆可用。"凌宴池先生的《清墨说略》曰："墨至光绪二十年，或曰十五年，可谓遭亘古未有之浩劫，盖其时矿质之洋烟输入……墨法遂不可复问。"所以从实用上说，"光绪中叶"以前的制品大抵就够我们常人之用了，实在我买的也不过光绪至道光的，去年买到几块道光乙未年的墨，整整是一百年，磨了也很细黑，觉得颇喜欢，至于乾嘉诸老还未敢请教也。这样说来，墨又有什么可玩的呢？道光以后的墨，其字画雕刻去古益远，殆无可观也已，我这里说玩玩者乃是别一方面，大概不在物而在人，亦不在工人而在主人，去墨本身已甚远而近于收藏名人之著书矣。

我的墨里最可纪念的是两块"曲园先生著书之墨"，这是民廿三春间我做那首"且到寒斋吃苦茶"的打油诗的时候平伯送给我的。墨的又一面是春在堂三字，印文曰程氏掬庄，边款曰：光绪丁酉仲春鞠庄精选清烟。

其次是一块圆顶碑式的松烟墨，边款曰，鉴莹斋珍藏。正面篆文一行云，同治九年正月初吉，背文曰，绩溪胡甘伯会稽赵㧑叔校经之墨，分两行写，为赵手笔。赵君在《谪麟堂遗集》叙目中云"岁在辛未，余方入都居同岁生胡甘伯寓屋"，即同治十年，至次年壬申而甘伯死矣。赵君有从弟为余表兄，乡俗亦称亲戚，余生也晚，乃不及见。小时候听祖父常骂赵益甫，与李莼客在日记所骂相似，盖诸公性情有相似处故反相克也。

近日得一半两墨，形状凡近，两面花边作木器纹，题曰：会稽扁舟子著书之墨；背曰：徽州胡开文选烟；边款云：光绪七年。扁舟子即范寅，著有《越谚》共五卷，今行于世。其《事言日记》第三册中光绪四年戊寅纪事云：

"元旦，辛亥。已初书红，试新模扁舟子著书之墨，甚坚细而佳，惟新而腻，须俟三年后用之。"盖即与此同型，唯此乃后年所制者耳。日记中又有丁丑十二月初八日条曰：

"陈槐亭曰，前月朔日营务处朱懋勋方伯明亮回省言，禹庙有联系范某撰书并跋者，梅中丞见而赞之，朱方伯保举范某能造轮船，中丞嘱起稿云云，子有禹庙联乎，果能造轮船乎？应曰，皆是也。"范君用水车法以轮进舟，而需多人脚踏，其后仍改用篙橹，甲午前后曾在范君宅后河中见之，盖已与普通的"四明瓦"无异矣。

前所云一百年墨共有八锭，篆文曰，墨缘堂书画墨，背曰，蔡友石珍藏，边款云，道光乙未年汪近圣造。又一枚稍小，篆文相同，背文两行曰，一点如漆，百年如石，下云，友石清赏，边款云，道光乙未年三月。甘实庵《白下琐言》卷三云："蔡友石太仆世松精鉴别，收藏尤富，归养家居，以书画自娱，与人评论娓娓不倦。所藏名人墨迹，钩摹上石，为墨缘堂帖，真信而好古矣。"此外在《金陵词钞》中见有词几首，关于蔡友石所知有限，今看见此墨却便觉得非陌生人，仿佛有一种缘分也。货布墨五枚，形与文均如之，背文二行曰，斋谷山人属胡开文仿古，边款云，光绪癸巳年春日。此墨甚寻常，只因是刻《习苦斋画絮》的惠年所造，故记之。又有墨二枚，无文字，唯上方横行五字曰云龙旧衲制，据云亦是惠菱舫也。

又墨四锭，一面双鱼纹，中央篆书曰，大吉昌宜侯王，背作桥上望月图，题曰湖桥乡思。两侧隶书曰：故乡亲友劳相忆，丸作隃糜当尺鳞。仲仪所贻，苍珮室制。疑是谭复堂所作，案谭君曾宦游安徽，事或可能，但体制凡近，亦未敢定也。

墨缘堂墨有好几块，所以磨了来用，别的虽然较新，却舍不得磨，只是放着看看而已。从前有人说买不起古董，得货布及龟鹤齐寿钱，制作精好，可以当作小铜器看，我也曾这样做,又搜集过三五古砖,算是小石刻。这些墨原非佳品,总也可以当墨玩了,何况多是先哲乡贤的手泽,岂非很好的小古董乎。我前作《骨董小记》,今更写此,作为补遗焉。

　　廿五年二月十五日,于北平苦茶庵中。

观画记

老 舍

看我们看不懂的事物，是很有趣的；看完而大发议论，更有趣。幽默就在这里。怎么说呢？去看我们不懂得的东西，心里自知是外行，可偏要装出很懂行的样子。譬如文盲看街上的告示，也歪头，也动嘴唇，也背着手；及至有人问他，告示上说的什么，他答以正在数字数。这足以使他自己和别人都感到笑的神秘，而皆大开心。看完再对人讲论一番便更有意思了。譬如文盲看罢告示，回家对老婆大谈政治，甚至因意见不同，而与老婆干起架来，则更热闹而紧张。

新年前，我去看王绍洛先生个人展览的西画。济南这个地方，艺术的空气不像北平那么浓厚。可是近来实在有起色，书画展览会一个接着一个的开起来。王先生这次个展是在十二月二十三日到二十五日。只要有图画看，我总得去看看。因为我对于图画是半点不懂，所以我必须去看，表示我的腿并不外行，能走到会场里去。一到会场，我很会表演。先在签到簿上写上姓名，写得个儿不小，以便引起注意而或者能骗碗茶喝。要作品目录，先数作品的号码，再看标价若干，而且算清价格的总积：假如作品都售出去，能发多大的财。我管这个叫作"艺术的经济"。然后我去看画。设若是中国画，我便靠近些看，细看笔道如何，题款如何，图章如何，裱的绫子厚薄如何。每看一项，或点点头，或摇摇首，好像要给画儿催眠似的。设若是西洋画，我便站得远些看，头部的运动很灵活，有时为看一处的光线，能把耳朵放在肩膀上，如小鸡蹭痒痒然。这看了一遍，已觉有点累得慌，就找个椅子坐下，眼睛还盯着一张画死看，不管画的好坏，而是因为它恰巧对着那把椅子。这样死盯，不久就招来许多人，都要看出这张图中的一点奥秘。如看不出，便转回头来看我，似欲领教者。我微笑不语，暂且不便泄露天机。如遇上熟人过来问，我才低声的说："印象派，可还不到后期，至多也不过中期。"或是："仿宋，还好；就是笔道笨些！"我低声的说，因为怕叫画家自己听见；他听不见呢，我得虎就虎，心中怪舒服的。

其实，什么叫印象派，我和印度的大象一样不懂。我自己的绘画本事限于画"你是王八"的王八，与平面的小人。说什么我也画不上来个偏脸的人，或有四条腿的椅子。可是我不因此而小看自己；鉴别图画的好坏，不能专靠"像不像"；图画是艺术的一支，不是照相。呼之为牛则牛，呼之为马则马；不管画的是什么，你总得"呼"它一下。这恐怕不单是我这样，有许多画家也是如此。我曾看见一位画家在纸上涂了几个黑蛋，而标题曰"群雏"。他大概是我的同路人。他既然能这么干，怎么我就不可以自视为天才呢？那么，去看图画；看完还要说说，是当然的。说得对与不对，我既不负责任，你干吗多管闲事？这不是很逻辑的说法吗？

我不认识王绍洛先生。可是很希望认识他。他画得真好。我说好，就是好，不管别人怎么说。我爱什么，什么就好，没有客观的标准。"客观"，顶不通。你不自己去看，而派一位代表去，叫作客观；你不自己去上电影院，而托你哥哥去看贾波林，叫作客观；都是傻事，我不这么干。我自己去看，而后说自己的话；等打架的时候，才找我哥哥来揍你。

王先生展览的作品：油画七十，素描二十四，木刻七。在量上说，真算不少。对于木刻，我不说什么。不管它们怎样好，反正我不喜爱它们。大概我是有点野蛮劲，爱花红柳绿，不爱黑地白空的东西。我爱西洋中古书籍上那种绘图，因为颜色鲜艳。一看黑漆的一片，我就觉得不好受。木刻，对于我，好像黑煤球上放着几个白元宵，不爱！有人给我讲过相对论，我没好意思不听，可是始终不往心里去；不论它怎样相对，反正我觉得它不对。对木刻也是如此，你就是说得天花乱坠，还是黑煤球上放白元宵。对于素描，也不爱看，不过瘾；七道子八道子的！

我爱那些画。特别是那些风景画。对于风景画，我爱水彩的和油的，不爱中国的山水。中国的山水，一看便看出是画家在那儿作八股，弄了些个起承转合，结果还是那一套。水彩与油画的风景真使我接近了自然，不但是景在那里，光也在那里，色也在那里，它们使我永远喜悦，不像中国山水画那样使我离开自然，而细看笔道与图章。这回对了我的劲，王先生的是油画。他的颜色用得真漂亮，最使我快活的是绿瓦上的那一层嫩绿——有光的那一块儿。他有不少张风景画，我因为看出了神，不大记得哪张是哪张了。我也不记得哪张太刺眼，这就是说都不坏，除了那张《汇泉浴场》似乎有点俗气。那张《断墙残壁》很好，不过着色太火气了些；我提出这个，为是证明他喜欢用鲜明的色彩。他是宜于画春夏景物的，据我看。他能画得干净而活泼；我就怕看抹布颜色的画儿。

关于人物，《难民》与《忏悔》是最惹人注意的。我不大爱那三口儿难民，觉得还少点憔悴的样子。我倒爱难民背后的设景：树，远远的是城，城上有云；城和难民是安定与漂流的对照，云树引起渺茫与穷无所归之感。《官邸与民房》也是用这个结构——至少是在立意上。最爱《忏悔》。裸体的男人，用手捧着头，头低着。全身没有一点用力的地方，而又没一点不在紧缩着，是忏悔。此外还有好几幅裸体人形，都不如这张可喜。永不喜看光身的大胖女人，不管在技术上有什么讲究，我是不爱看"河漂子"的。

花了两点钟的工夫，还能不说几句么？于是大发议论，大概是很臭。不管臭不臭吧，的确是很佩服王先生。这决不是捧场；他并没见着我，也没送给我一张画。我说他好歹，与他无关，或只足以露出我的臭味。说我臭，我也不怕，议论总是要发的。伟人们不是都喜欢大发议论吗？

原载一九三四年二月《青年界》第五卷第二期

市声拾趣

张恨水

我也走过不少的南北码头,所听到的小贩吆唤声,没有任何一地能赛过北平的。北平小贩的吆唤声,复杂而谐和,无论其是昼是夜,是寒是暑,都能给予听者一种深刻的印象。虽然这里面有部分是极简单的,如"羊头肉","肥卤鸡"之类。可是他们能在声调上,助字句之不足。至于字句多的,那一份优美,就举不胜举,有的简直是一首歌谣,例如夏天卖冰酪的,他在胡同的绿槐阴下,歇着红木漆的担子,手扶了扁担,吆唤着道:"冰淇淋,雪花酪,桂花糖,搁的多,又甜又凉又解渴。"这就让人听着感到趣味了。又像秋冬卖大花生的,他喊着:"落花生,香来个脆啦,芝麻酱的味儿啦。"这就含有一种幽默感了。

也许是我们有点主观,我们在北平住久了的人,总觉得北平小贩的吆唤声,很能和环境适合,情调非常之美。如现在是冬天,我们就说冬季了,当早上的时候,黄黄的太阳,穿过院树落叶的枯条,晒在人家的粉墙上,胡同的犄角儿上,兀自堆着大大小小的残雪。这里很少行人,两三个小学生背着书包上学,于是有辆平头车子,推着一个木火桶,上面烤了大大小小二三十个白薯,歇在胡同中间。小贩穿了件老羊毛背心儿,腰上来了条板带,两手插在背心里,喷着两条如云的白气,站在车把里叫道:"噢……热啦……烤白薯啦……又甜又粉,栗子味。"当你早上在大门外一站,感到又冷又饿的时候,你就会因这种引诱,要买他几大枚白薯吃。

在北平住家稍久的人,都有这么一种感觉,卖硬面饽饽的人极为可怜,因为他总是在深夜里出来的。当那万籁俱寂、漫天风雪的时候,屋子外的寒气,像尖刀那般割人。这位小贩,却在胡同遥远的深处,发出那漫长的声音:"硬面……饽饽哟……"我们在暖温的屋子里,听了这声音,觉得既凄凉,又惨厉，像深夜钟声那样动人，你不能不对穷苦者给予一个充分的同情。

其实，市声的大部分，都是给人一种喜悦的，不然，它也就不能吸引人了。例如，炎夏日子，卖甜瓜的，他这样一串的吆唤着："哦！吃啦甜来一个脆，又香又凉冰淇淋的味儿。吃啦，嫩藕似的苹果青脆甜瓜啦！"在碧槐高处一蝉吟的当儿，这吆唤是够刺激人的。因此，市声刺激，北平人是有着趣味的存在，小孩子就喜欢学，甚至借此凑出许多趣话。例如卖馄饨的，他吆喝着第一句是"馄饨开锅"。声音洪亮，极像大花脸唱倒板，于是他们就用纯土音编了一篇戏词来唱："馄饨开锅……自己称面自己和，自己剁馅自己包，虾米香菜又白饶。吆唤了半天，一个子儿没卖着，没留神啰丢了我两把勺。"因此，也可以想到北平人对于小贩吆唤声的趣味之浓了。

原载一九四五年一月十日重庆《新民报》

一年无事为花忙

周瘦鹃

园中的花树果树，按时按节乖乖地开花结果，除了果树根上一年施肥一次外，并不需要多大的照顾；我的最大的包袱，却是那五六百盆大型、中型、小型、最小型的盆景盆栽，一年无事为花忙，倒也罢了；可是即使有事，也得分身为它忙着。春季忙于翻盆，夏季忙于浇水，秋季忙于修剪，冬季忙于埋藏，这是指其荦荦大者；至于施肥和其他零星工作，可没有一定，像我这样的花迷花痴，没有事也得找些事出来，天天总想创作一二个盆景，以供大众欣赏，那更忙得喘不过气来了。

至于上面所说的四季的工作，也不是固定的；譬如春季翻盆，秋季、冬季也可翻盆，不过我却是在春季格外忙一些，因为有好几十盆大大小小的梅桩，在开过了花之后，必须一一剪去枝条，由瓷盆或紫砂细盆中翻入瓦盆培养，换上新泥，施以肥料，忙得不可开交。记得解放以前曾有过四首七绝咏其事：

"不事公卿不辱身，翛然物外葆天真。长年甘作花奴隶，先为梅花忙一春。"

"或象螭蟠或虎蹲，陆离光怪古梅根。华堂经月尊彝供，返璞还真老瓦盆。"

"删却枝条随换土，瓦盆培养莫相轻。残英沾袖余香在，似有依依惜别情。"

"养花辛苦有谁知，雨雨风风要护持。但愿来春春意足，瑶花重见缀琼枝。"

这四首诗，确是实录。此外，还有别的许多盆树，倘见有不健康的模样，也须逐一翻盆，所以春季翻盆工作是够忙的了。浇水原不限于夏季，春秋以至冬季都须浇水；只因夏季赤日当空，盆土容易晒干，尤以浅盆为甚，甚至一天浇一次还嫌不够，要浇二次、三次之多。试想浇五六百盆要汲多少水？要费多少手脚？所以夏季浇水，实在是主要的工作，而也是最繁重、最累人的工作。若是春、秋二季，阳光较弱，不一定天天要浇；冬季更为省力，只须挑盆面发白的浇一下好了。

修剪工作以春、秋二季最为相宜，我却于暮秋叶落之际，忙于修剪；或则延至来春萌芽之前动手，亦无不可，但我生性急躁，总是当年就跃跃欲试了。到了冬季，花木大都入于睡眠状态，似乎不须再忙；但是第一要着，得赶快做保卫工作，以防寒流的突然袭来，抵抗力较弱的盆树，一经冰冻，就有致命的危险。

记得一九五二年初冬，有一天寒流忽如飞将军之从天而降，单单在一夜之间，田间菜蔬全都冻坏，我也没有防到初冬会这样的寒冷，所有盆树全未埋藏，以致损失了好几十盆，中如枯干的绣球，老本的丁香，都是只此一家，并无分出的，不幸都作了惨烈的牺牲；甚至抵抗力素称强大的枸杞、迎春、石榴等等，以及生长山野中从不畏寒的山枫老干，也有好多本被寒流杀死了。

我痛定思痛，至今还惋惜着这无可弥补的损失。所以去冬绸缪未雨，一过立冬，就忙着把较小的盆树尽先收藏到面南的小屋中去，然后将大型的盆树，连盆埋在地下，以免寒流袭来时措手不及。这一个赶做埋藏工作的时期,也是够忙的;并且我家缺少劳动力,中型、小型的盆树,我自己还可亲自动手移放,而大型的盆树有重至一二百斤的,那就非请人家帮忙不可了。可是我这一年四季的忙,也不是白忙的,忙里所得的报酬,是好花时餍馋眼,嘉果常快朵颐,并且博得了近悦远来的宾客们的赞誉。

钓 鱼

鲁彦

秋天早已来了,故乡的气候却还在夏天里。

那些特殊的渔夫,便是最好的例证。

那是一些十岁以上十六岁以下的男女孩子,和十六岁以上的青年以及四五十岁的将近老年的男子。他们像埋伏的哨兵似的,从村前到村后,占据着两道弯弯曲曲的河岸。孩子们五六成群的多在埠头上蹲着、坐着,或者伏着,把头伸在水面上,窥着水中石缝间的鱼虾。他们的钓竿是粗糙的、短小的,用细小的黄铜丝做的小钩,小钩上串着黑色的小蚯蚓,用鸡毛做浮子,用细线穿着。河虾是他们唯一的目的物。有时他们的头相碰了，钓线和钓线相缠了，这个的脚踢翻了那个的虾盆，便互相詈骂起来，厮打起来。青年们三三两两的或站在河滩的浅处，或坐在水车尽头上，或蹲在船边，一边望着水面的浮子，一面时高时低地笑语着。他们的钓竿是柔软的、细长的，一节一节青黑相间，显得特别美丽。他们用鹅毛做浮子，用丝线穿着，用针做成钩子。钩上串着红色的大蚯蚓。鲫鱼是他们的目的物。老年人多是单独地占据一处，坐在极小的板凳上，支着纸伞或布伞，静默得像打瞌睡似的望着水面的浮子。他们的钓竿和青年们的一样，但很少像青年们那样美丽。他们的目的物也是鲫鱼。在这三种人之外，有时还有几个中年的男子，背着粗大的钓竿，每节用黄铜丝包扎着，发着闪耀的光，用粗大的弦线穿着一大串长而且粗的浮子，把弦线卷在洋纱车筒上，把车筒钉在钓竿的根上，钩子是两枚或三枚的大铁钩。用染黑的铜丝紧扎着，不用食饵。他们像巡逻兵似的，在河岸上慢慢地走着，注意着水面。哪里起了泡沫，他们便把钩子轻轻地坠下去，等待鱼儿的误触。鲤鱼是他们的目的物。

说他们是渔夫，实际上却全不是。真正的渔夫是有着许多更有保证的方法捕捉鱼虾的。现在这群渔夫，大人们不过是因为闲散,青年们和孩子们因为感觉到兴趣浓厚罢了。有些人甚至不爱吃这些东西,钓上了,把它们养在水缸里。

我从前就是那样的一个渔夫。我不但不爱吃鱼,连闻到有些鱼的气息也要作呕的,河虾也只能勉强尝两三只。但我小时却是一个有名的善钓鱼虾的孩子。

我们的老屋在这村庄的中央,一边是桥,桥的两头是街道,正是最热闹的地方。河水由南而北,在我们老屋的东边经过。这里的河岸都用乱石堆嵌出来,石洞最多,河虾也最多。每年一到夏天,河水渐渐浅了、清了,从岸上可以透彻地看到近处的河底。早晨的太阳从东边射过来,石洞口的虾便开始活泼地爬行。伏在岸上往下望,连一根一根的虾须也清晰地看得见。

这时和其他的孩子们一样,我也开始忙碌了。从柴堆里选了一根最直的小竹竿,砍去了旁枝和丫杈,在煤油灯上把弯曲的竹节炙直了,拴上一截线。从屋角里找出鸡毛来,扯去了管旁的细毛,把鸡毛管剪成几分长的五截,穿在线上,加上小小的锡块,用铜丝捻成小钩,钓竿就成功了。然后在水缸旁阴湿的泥地,掘出许多黑色的小蚯蚓,用竹管或破碗装了,拿着一只小水桶,就到墙外的河岸上去。

"又要忙啦！钓来了给谁吃呀！"母亲每次总是这样地说。但我早已笑嘻嘻地跑出了大门。

把钩子沉在岸边的水里，让虾儿们自己来上钩，是很慢的，我不爱这样。我爱伏在岸上，把钓竿放下，不看浮子，单提着线，对着一个一个的石洞口，上下左右地牵动那串着蚯蚓的钩子。这样，洞内洞外的虾儿立刻就被引来了。它颇聪明，并不立刻就把串着蚯蚓的钩子往嘴里送，它只是先用大钳拨动着，作一次试验。倘若这时浮子在水面，就现出微微地抖动，把线提起来，它便立刻放松了。但我只把线微微地牵动，引起它舍不得的欲望，它反用大钳钩紧了，扯到嘴边去。但这时它也还并不往嘴里送，似在作第二次试验；把钩子一推一拉地动着。于是浮子在水面，便跟着一上一下地浮沉起来。我只再把线牵得紧一点，它这才把钩子拉得紧紧地往嘴里送了。然而倘若凭着浮子的浮沉，是常常会脱钩的。有些聪明的虾儿常常不把钩子的尖头放进嘴里去，它们只咬着钩子的弯角处。见到这种吃法的虾子，我便把线搓动着，一紧一松地牵扯，使钩尖正对着它的嘴巴。看见它仿佛吞进去了，但也还不能立刻提起线来，有时还须把线轻轻地牵到它的反面，让钩子扎住它的嘴角，然后用力一提，它才嘶嘶嘶地弹着水，到了岸上。

把钩子从虾嘴里拿出来,把虾儿养在小水桶里,取了一条新鲜的小蚯蚓,放在左手心上,轻轻地用右手拍了两下,拍死了,便把旧的去掉,换上新的,放下水里,第二只虾子又很快地上钩了。同一个石洞里,常常住着好几只虾子,洞外又有许多游击队似的虾儿爬行着:腹上满贮着虾子的老实的雌虾,全身长着绿苔的凶狠的老虾,清洁透明的活泼的小虾。它们都一一地上了我的钩,进了我的小水桶。

"你这孩子真会钓,这许多!"大人们望了一望我的小水桶,都这样称赞说。

到了中午,我的小水桶里已经装满了。

"看你怎样吃得了!……"母亲又欢喜又埋怨地说。

她给我在饭锅里蒸了五六只,但我照例只勉强吃了一半,有时甚至咬了半只就停筷了。

到了第二天早晨水桶里的虾儿呆的呆了,白的白了,很少能够养得活。母亲只好把它们煮熟了,送给隔壁的人家吃。因为她和我姊姊是比我更不爱吃的。

"你只是给人家钓,还要我赔柴赔盐赔油葱!"她老是这样地埋怨我。"算了吧,大热天,坐在房子里不好吗?你看你面孔,你头颈,全晒黑啦!"

但我又早已拿着钓竿、蚯蚓，提着小水桶，悄悄地走到河边去了。

夏天一到，没有什么比这更快乐，空水桶出去，满水桶回来，一只大的、一只小的、一只雌的、一只雄的，嘶嘶嘶弹着水从河里提上来，上下左右叠着堆着。

直至秋天来到，天气转凉了，河水大了，虾儿们躲进石洞里，不大出来，我也就把钓竿藏了起来。但这时母亲却恶狠狠地把我的钓竿折成了两三段，当柴烧了。

"还留到明年吗？一年比一年大啦，明年还要钓虾吗？明年再钓虾不给你读书啦，把你送给渔翁，一生捕鱼过活！……"

我默默地不做声，惋惜地望着灶火中毕剥地响着的断钓竿。

待下一年的夏天到时，我的新钓竿又做成了：比上年的长，比上年的直，比上年的美丽，钓来的虾也比上年的多。母亲老是说着照样的话，老是把虾儿煮熟了送给人家吃。

十六岁那一年，我的钓竿突然比我身体高了好几尺。我要开始钓鱼了。

两个和我最要好的同族的哥哥，一个叫做阿成哥，一个叫做阿华哥,替我做成了钓鱼竿,竹竿、浮子、钩子、锡块,全是他们的东西,我只拿了母亲一根丝线。做这钓竿的工厂就在阿华哥的家里,母亲全不知道。直至一切都做好了,我才背着那节节青黑相间的又粗长又柔软的钓竿,笑嘻嘻地走到家里来。

"妈……"我高兴地提高声音叫着,不说别的话。

我把背在肩上的钓竿竖起来,预备放下的时候,竿梢触着了顶上的天花板,发出窸窣窸窣的声音。我仿佛觉得自己长大了许多,亲手触着了天花板似的。

这时母亲从厨房里走出来了,她惊讶地呆了许久。像喜欢又像生气地瞪着眼望了望我的钓竿,又望了望我的全身。

过了一会,她的脸色渐渐沉下,显得忧郁的样子,叹了一口气,说了:"咳!十六岁啦,看你长得多么高啦,还不学好!难道真的一生钓鱼过活吗?……"

她哽咽起来,默然走进了厨房。

我给她吓了一跳,轻轻把钓竿放下,待了半天,不敢到厨房里去见她。过了许久,我独自走到楼上读书去了。

但钓竿就在脚下,只隔着一层楼板,仿佛它时刻在推我的脚底,使我不能安静。

第二天早饭后，趁着母亲在厨房里收拾碗筷，我终于暗地里背着我的可爱的钓竿出去了。

阿华哥正拿着锄头到邻近的屋边去掘蚯蚓，我便跟了去，分了他几条。又从他那里拿了一点糠灰，用水拌湿了，走到河边，用钓竿比一比远近，试一试河水的深浅，把一团糠灰丢了下去。看着它慢慢沉下去，一路融散，在河边做了一个记号，把钓竿放在阿华哥家里，又悄悄地跑到自己的家里。

母亲似乎并没注意到钓竿已经不在家里了，但问我到哪里去跑了一趟。我用别的话支吾了开去，便到楼上大声地读了一会儿书。

过了一刻钟，估计着丢糠灰的地方，一定集合了许多鱼儿，我又悄悄地下了楼，溜了出去，到阿华哥家里背了我的钓竿。

这时丢过糠灰的河中，果然聚集了许多鱼儿了。从水面的泡沫，可以看得出来。它们继续不断地这里一个，那里一个，亮晶晶的珠子似的滚到了水面。单独的是鲫鱼，成群的大泡沫有着游行性的是鲤鱼，成群的细泡沫有着固定性的是甲鱼。

我把大蚯蚓拍死，串在钩子上，卷开线，往那水泡最多的地方丢了下去，然后一手提着钓竿，静静地站在岸上注视着浮子的动静。

水面平静得和镜子一样，七粒浮子有三粒沉在水中，连极细微的颤动也看得见，离开河边几尺远，虾儿和小鱼是不去的。红色的蚯蚓不是鲤鱼和甲鱼所爱吃，爱吃的只有鲫鱼。它的吃法，可以从浮子上看出来：最先，浮子轻微地有节拍地抖了几下，这是它的试验，钓竿不能动，一动，它就走了；随后水面上的浮子，一粒或半粒，沉了下去，又浮了上来，反复了几次，这是它把钩子吸进嘴边又吐了出来，钓竿仍不能动，一动，尚未深入的钩子就从它的嘴边溜脱了；最后，水面的浮子，两三粒一起地突然往下沉了下去，又即刻一起浮了上来，这是它完全把钩子吞了进去，拖着往上跑的时候，可以迅速地把竿子提起来；倘若慢了一刻，等本来沉在水下的三粒浮子也送上水面，它就已吃去了蚯蚓，脱了钩了。

我知道这一切，眼快手快，第一次不到十分钟就钓上了一条相当大的鲫鱼。但同时到底因为初试，用力过猛了一点儿，使钩上的鱼儿跟着钓线绕了一个极大的圆圈，倘不是立刻往后跳了几步，鱼儿又落到水面，可就脱了钩了。然而它虽然没有落在水面，却已拍的撞在石路上，给打了个半死半活。

于是我欢喜地高举着钓竿，往家里走去。鱼儿仍在钓钩上，柔软的竿尖一松一紧地颤动着,仿佛蜻蜓点水一样。

"妈!大鱼来啦!大鱼来啦!……"我大声地叫了进去。

走到檐口,抬起头来,原来母亲已经站在我右边的后方,惊讶地望着。她这静默的态度,又使我吃了一惊,一场欢喜给她打散了一大半。我也便不敢做声,呆呆地立住了。

"果然又去钓鱼啦!……"过了一会儿,她埋怨说,"要是大鲤鱼上了钩,把你拖下河里去怎么办呢?……"

"那不会!拖它不上来,丢掉钓竿就是!"我立刻打断她的话,回答说。我知道她对这事并不严重,便索性拿了一只小水桶,又跑出去了。

到了吃中饭的时候,我提了满满的一桶回家。下午换了一个地方,又是一满桶。

"我可不给你杀,我从来不杀生的!"母亲说。

然而我并不爱吃,鲫鱼是带着很重的河泥气的,比海鱼还难闻。我把活的养在水缸里,半死的或已死的送给了邻居。

日子多了,母亲觉得惋惜,有时便请别人来杀,叫姊姊来烤,强迫我吃,放在我的面前,说:"自己钓上来的鱼,应该格外好吃的,也该尝一尝!要不然,我把你钓竿折断当柴烧啦!"

于是我便不得不忍住了鼻息，钳起几根鱼边的葱来，胡乱地拨碎了鱼身。待第二顿，我索性把鱼碗推开了。它的气味实在令人作呕。母亲不吃，姊姊也不吃，终于又送了人。

然而我是快活的，我的兴趣全在钓的时候。

十八岁春天，我离开家乡了。一连五六年，不曾钓过鱼，也不曾见过鱼。我把我大部分的年月消耗在干燥的沙漠似的北方。

二十四岁回到故乡，正在夏天里，河岸的两边满是一班生疏的新的渔夫。我的心突突地跳着，想做一根新的钓竿去参加，终于没有勇气。父亲母亲和周围的环境支配着我，像都告诉我说，我现在成了一个大人了，而且是一个斯文的先生，上等的人物，是不能和孩子们，粗人们一道的。只有我的十二岁的妹妹，她现在继续着我，成了一个有名的钓虾的人物，我跟着她去，远远地站着，穿着文绉绉的长衫，仿佛在监视着她，怕她滚下河去似的，望了一会儿，但也不敢久了，便匆遽地回到屋里。

直至夏天将尽，我才有了重温旧梦的机会。

那时我的姊姊带了两个孩子，搬到了离我们老屋五里外的一个地方，我到那里去做了七八天的客人。

她的隔壁是我的一个堂叔的家。我小的时候，这个堂叔是住在我们老屋隔壁的，和我最亲热，和我父亲最要好。他约莫比我大了十一二岁，据说我小的时候，就是他抱大的。我只记得我十一二岁的时候，还时常爬到他的身上骑呀背呀的玩。七八年前，因为他要在姊姊的娘家那边街上开店，他便搬了家。姊姊所以搬到那边去，也就是因为有他们在那里住着，可以照顾。

　　这时叔叔已经没有开店了，在种田。有了两个孩子。他是没有一点祖遗的产业的人，开店又亏了本。生活的重担使他弯了一点背，脸上起了一些皱纹，他的皮肤被太阳晒成了棕红色，完全不像六七年前的样子了。只有他温和的笑脸，还依然和从前一样，见到我总是照样得非常亲热。他使我忘记了我已是二十几岁的大人，对他又发出孩子气来。

　　他屋前有一簇竹林，不大也不小，几乎根根都可以做钓鱼竿。二十几步外是一条东西横贯的河道。因为河的这边人口比较稀少，河的那边是旷野，往西五六里便是大山，所以这里显得很僻静，埠头上很少人洗衣服，河岸上很少行人，河道中也很少船只。我觉得这里是最适宜于我钓鱼了，便开始对叔叔露出欲望来。

"这一根竹子可以做钓鱼竿,叔叔!"我随意指着一根说。

叔叔笑了,他立刻知道了我的意思,摇一摇头,说:"这根太粗啦。你要钓鱼,我给你拣一根最好的。——你从前不是很喜欢钓鱼吗,现在没事,不妨消遣消遣。"

我立刻快乐了。我告诉他,我真的想钓鱼,在外面住了这许多年,是看不见故乡这种河道的。随后我就想亲自走到竹林里去,选择一根好的。

但他立刻阻止我了:"那里有刺,你不要进去,我给你砍吧。"

于是他拿了一把菜刀进去了。拣出来的正是一根细长柔软合宜的竹竿。随后鹅毛、钩子、锡块他全给我到街上买了来。糠灰、丝线是他家里有的。现在只差蚯蚓了。

"我自己去掘,"我说。

"你找不到,"他说,拿了锄头,"这里只有放粪缸的附近有那种蚯蚓,我看见别人掘到过,那里太脏啦,你不要去,还是我给你去掘吧。"

他说着走了,一定要我在屋内等他。

直至一切都预备齐,我欣喜地背上新的钓竿,预备出发的时候,他又在我手中抢去了小水桶和蚯蚓碗,陪着我到了河边。随后他回去了,一会儿拿了一条小凳来。

"坐着吧,腿子要站酸的哩。"

"好吧,叔叔,你去做你的事,等一会儿吃我钓上来的鱼。"

但他去了一会儿又来了,拿着一顶伞。

"太阳要晒黑的,戴着伞好些。"他说着给我撑了开来。

"我叫你婶婶把锅子洗干净了等你的鱼,我有事去啦。"他这才真的到他的田头去了。

五六年不见,我和我的叔叔都变了样了,但我们的两颗心都没有变,甚至比以前还亲热,面前的河道虽然换了场面,但河水却更清澈平静。许久不曾钓鱼了,我的技术也还没有忘却,而且现在更知道享受故乡的田园的乐趣。一根草、一叶浮萍、一个小水泡、一撮细小的波浪,甚至水中的影子极微地颤动,我都看出了美丽,感到了无限的愉悦。我几乎完全忘记了我是在钓鱼。

一连三天,我只钓上了七八条鱼。大家说我忘记了,我真的忘记了。

"总是看着山水出神啦,他不是五六年不见这种河道了吗?"叔叔给我推想说。

只有他最知道我。

然而我们不能长聚，几天后我不但离别了他，并且离别了故乡。

又过三年回来，我不能再看见我的叔叔。他在一年前吐血死了，显然是因为负担过重之故。

从那一次到现在，十多年了，为了生活的重担，我长年在外面奔波着，中间也只回到故乡三次，多是稍住一二星期，便又走了。只有今年，却有了久住的机会。但已像战斗场中负伤的兵士似的，尝遍了太多的苦味，有了老人的思想，对一切都感到空虚，见着叔叔的两个十几岁孩子，和自己的六岁孩子，夹杂在河边许多特殊的渔夫的中间，伏着蹲着，钓虾钓鱼，熙熙攘攘，虽然也偶然感兴趣，走过去踱了一会儿，但已没有从前那样的耐心，可以一天到晚在街头或河边待着。

我也已经没有欲望再在河边提着钓竿。我今日也只偶然地感到兴奋，咀嚼着过去的滋味。

观 火

梁遇春

独自坐在火炉旁边,静静地凝视面前瞬息万变的火焰,细听炉里呼呼的声音,心中是不专注在任何事物上面的,只是痴痴地望着炉火,说是怀一种惆怅的情绪,固然可以,说是感到了所有的希望全已幻灭,因而反现出恬然自安的心境,亦无不可。但是既未曾达到身如槁木、心如死灰的地步,免不了有许多零碎的思想来往心中,那些又都是和"火"有关的,所以把它们集在"观火"这个题目底下。

火的确是最可爱的东西。它是单身汉的最好

伴侣。寂寞的小房里面，什么东西都是这么寂静的，无生气的，现出呆板板的神气，唯一有活气的东西就是这个无聊赖地走来走去的自己。虽然是个甘于寂寞的人，可是也总觉得有点儿怪难过。这时若使有一炉活火，壁炉也好，站着有如庙里菩萨的铁炉也好，红泥小火炉也好，你就会感到宇宙并不是那么荒凉了。火焰的万千形态正好和你心中古怪的想象携手同舞，倘然你心中是枯干到生不出什么黄金幻梦，那么体态轻盈的火焰可以给你许多暗示，使你自然而然地想入非非。她好像但丁《神曲》里的引路神，拉着你的手，带你去进荒诞的国土。人们只怕不会做梦，光剩下一颗枯焦的心儿，一片片逐渐剥落。倘然还具有梦想的能力，不管做的是狰狞凶狠的噩梦，还是融融春光的甜梦，那么这些梦好比会化雨的云儿，迟早总能滋润你的心田。看书会使你做起梦来，听你的密友细诉衷曲也会使你做梦，晨曦，雨声，月光，舞影，鸟鸣，波纹，桨声，山色，暮霭……都能勾起你的轻梦，但是我觉得火是最易点着轻梦的东西。我只要一走到火旁，立刻感到现实世界的重压一一消失，自己浸在梦的空气之中了。有许多回我拿着一本心爱的书到火旁慢读，不一会儿，把书搁在一边，却目不转睛地尽望着火。那时我觉得心爱的书还不如火这么可喜。它是一部活书。对着它真好像看着一位大作家一字字地写下他的杰作，我们站在一旁跟着读去。火是一部无始无终、百读不厌的书，你哪回看到两个形状相同的火焰呢！拜伦说："看到海面不发出赞美词的人必定是个傻子。"我是个沧海曾经的人，对于海却总是漠然地，这或者是因为我会晕船的缘故罢！我总不愿自认为傻子。但是我每回看到火，心中常想唱出赞美歌来。若使我们真有个来生，那么我只愿下世能够做一个波斯人，他们是真真的智者，他们晓得拜火。

记得希腊有一位哲学家——大概是 Zeno 罢——跳到火山的口里去，这种死法真是痛快。在希腊神话里，火神（Hephaestus or Vulcan）是个跛子，他又是一个大艺术家。天上的宫殿同盔甲都是他一手包办的。当我靠在炉旁的时候，我常常期望有一个黑脸的跛子从烟里冲出，而且我相信这位艺术家是没有留了长头发同打一个大领结的。

在《现代丛书》（Modern Library）的广告里，我常碰到一个很奇妙的书名，那是唐南遮（D'Annunzio）的长篇小说《生命的火焰》（The Flame of Life）。唐南遮的著作我一字都未曾读过，这本书也是从来没有看过的，可是我极喜欢这个书名。《生命的火焰》这个名字是多么含有诗意，真是简洁地说出人生的真相。生命的确是像一朵火焰，来去无踪，无时不是动着，忽然扬焰高飞，忽然销沉将熄，最后烟消火灭，留下一点残灰，这一朵火焰就再也燃不起来了。我们的生活也该像火焰这样无拘无束，顺着自己的意志狂奔，才会有生气，有趣味。我们的精神真该如火焰一般地飘忽莫定，只受里面的热力的指挥，冲倒习俗、成见、道德种种的藩篱，一直恣意干去，任情飞舞，才会迸出火花，幻出五色的美焰。否则阴沉沉地，若存若亡地草草一世，也辜负了创世主叫我们投生的一番好意了。我们生活内一切值得宝贵的东西又都可以用火来打比。热情如沸的恋爱，创造艺术的灵悟，虔诚的信仰，求知的欲望，都可以拿火来做象征。Heracleitus 真是绝等聪明的哲学家，他主张火是宇宙万物之源。难怪得二千多年后的柏格森诸人对着他仍然是推崇备至。火是这么可以做人生的象征的，所以许多民间的传说都把人的灵魂当作一团火。爱尔兰人相信一个妇人若使梦见一点火落在她口里或者怀中，那么她一定会怀孕，因为这是小孩的灵魂。希腊神话里，Prometheus 做好了人后，亲身到天上去偷些火下来，也是这种的意思。有些诗人心中有满腔的热情，灵魂之火太大了，倒把他自己燃烧成灰烬，短命的济慈就是一个好例子。

可惜我们心里的火都太小了，有时甚至于使我们心灵感到寒战，怎么好呢？

我家乡有一句土谚："火烧屋好看，难为东家。"火烧屋的确是天下一个奇观。无数的火舌越梁穿瓦，沿窗冲天地飞翔，弄得满天通红了，仿佛地球被掷到熔炉里去了，所以没有人看了心中不会起种奇特的感觉。据说尼罗王因为要看大火，故意把一个大城全烧了。他可说是知道享福的人，比我们那班做酒池肉林的暴君高明得多。我每次听到美国那里的大森林着火了，燃烧得一两个月，我就怨自己命坏，没有在哥伦比亚大学当学生。不然一定要告个病假，去观光一下。

许多人没有烟瘾，抽了烟也不觉得什么特别的舒服，却很喜欢抽烟，违了父母兄弟的劝告，常常抽烟，就是身上只剩一角小洋了，还要拿去买一盒烟抽，他们大概也是因为爱同火接近的缘故罢！最少，我自己是这样的。所以我爱抽烟斗，因为一斗的火是比纸烟头一点儿的火有味得多。有时没有钱买烟，那么拿一匣的洋火，一根根擦燃，也很可以解这火瘾。

离开北方已经快两年了，在南边虽然冬天里也生起火来，但是不像北方那样一冬没有熄过地烧着，所以我现在同火也没有像在北方时那么亲热了。回想到从前在北平时一块儿烤火的几位朋友,不免引起惆怅的心情,这篇文字就算做寄给他们的一封信罢!

十九年元旦试笔。